Ⓢ新潮新書

曽野綾子
SONO Ayako

風通しのいい生き方

564

新潮社

風通しのいい生き方……目次

第十六話　与える側の光栄を知って感謝する　209

謝罪を強制する愚／「聖ラザロ村」のこと／神さまはすべてお見通し

第一話　貧困は「全体像」を見えなくする

マダガスカルの気質

アンツィラベというのはマダガスカルの地方の町である。第二か第三番目の都市のはずだが、大阪や名古屋を想像したら全く違う。日本の何の特徴もない田舎町という感じだ。もっとも第二か第三の都市である証拠に、そこにはビール工場があって、それよりもっと田舎に住む子供たちは、工場というものの見学に、泊まりがけでこのアンツィラべに出て来る。アンツィラベには三階建てくらいの建物はあると思うが、多分エレベーターやエスカレーターはないだろう。足が達者になっていい町なのである。

そういう町で十日以上を暮らすと、しみじみ人間の暮らしには、実にさまざまな形がある、と思う。私は、医療を全く受けられないアンツィラベ周辺の口唇口蓋裂《こうしんこうがいれつ》の子供たちに、昭和大学の形成外科のドクターたちが、無料の手術をするプロジェクトの支援に同行したのである。アンツィラベ周辺と言っても、それより以南は日本国の半分くらいはある広大な無医村地帯だから、患者の中には評判を聞いて、五百キロも遠くからバスを乗り継いでやって来る家族もいる。

口唇口蓋裂というむずかしい病名は、昔は兎唇《みつくち》と言われた。上唇の表面が、片側乃至《ないし》は両側に先天性の裂け目があるもの。唇と鼻柱が一体になって変形し、唇までめくれ上がっているように見えるもの。口の中の上顎に大きな穴が開いているもの。口蓋裂が鼻にまで及んで鼻梁《びりょう》がひどく曲がっているものなど、一つとして同じ形はない。

この先天的な奇形を、最近の日本人は見たことがない。昔はそういう手術の痕跡が明らかに残った人もけっこういたのだが、現在は、全くと言っていいほど見かけなくなった。それで私は、最近ではもうそういう赤ちゃんは生まれなくなったのかと思っていたのである。しかし今でも五百人に一人は生まれているという。

ただそのような赤ちゃんは、どんな辺鄙《へんぴ》な地方に生まれようと、すぐに設備の整った最寄りの病院のＮＩＣＵ（新生児集中治療室）に入れられ、裂けた口からはミルクが洩れるので栄養の摂取もむずかしいのだが、それも鼻から管をいれて補われたり、感染症を防ぐ手立てもされたりして、手術に適当な時期（普通一応の目安は、生後三カ月で六キロの体重になった時と言われている）に、素晴らしい技術によって縫合されるので、患者は友だちと公園で遊べる頃にはほとんど治療は終わって、傷は跡形もなくなっているのである。だから子供自身も、自分の病気を記憶せず、伸び伸びと社会に出られる。

医学的技術が、一つの病気の不幸を完全に払拭している典型である。

しかしマダガスカルではそうではない。いや南米でもアジアでも、そうではない。最近私はペルーとフィリピンから来た知人に会ったが、それらの国でも、まだ口唇口蓋裂の子供たちは、田舎などではいくらでも放置されているというのだ。

なぜこうした医療が与えられていないかという理由はたくさんある。

一つには、子供は田舎の家か村のお産婆さんの小屋で生まれ、奇形があったらすぐに医療機関に送られるなどという方途がない。だから重症の子供は、すぐに死んでいて、幸運にも軽症の子供たちだけが、この手術に辿《たど》り着く。もともと個人にはお金がない。医療施設も地方には皆無で、牛一頭飼えない貧しい農家では、家族が今日、米や芋や雑穀を食べているだけだし、国家的制度として健康保険なども全くないのだから、そういう人たちは病気になったら死ぬ他はない、と思い諦めている。ましてやこういう先天性奇形などそのまま放置するより仕方がないのである。

マダガスカルには口唇口蓋裂の患者がどれくらいいるでしょうね、という疑問に対して、全く統計がないのだから、誰も答えのしようがないのである。

マダガスカルには首都は別として、今回のように首都から百七十キロ離れた地方の町には、完全な手術のできる手術室はなかった。シスターたちがやっていた「アベ・マリア産院」では帝王切開さえできなかったので、難産の産婦は一年に何人か命を落としていたのである。

それで私の働いていたNGOが、数年前に一応先進国レベルの手術室と補助電源の設備を入れた。それでも、そこには二〇一一年に私たちが行くまで全身麻酔の機能はなかった。帝王切開だけなら、脊髄や硬膜外に薬を入れて下半身に麻酔をして済むのである。しかし子供の口唇口蓋裂の手術は全身麻酔でなければできない。麻酔器を日本から運ぶことによって、やっと幼児の手術が可能になったのである。

設備の他に、重大な要素がある。それは医師の技術の問題だ。現在のアンツィラベでは、他の一応病院と名のつくところにも、スペシャリストと呼ばれる専門の外科医は（何の専門かはしらないが）ほんの数人しかいないという。

表向き顔の奇形としてよく目立つ唇の裂け目は、国立病院などの医師によって一応荒っぽくだが縫われているケースもあるが、それも仕上がりがきれいではなく、痕も目立たない日本の技術とは、うんとかけ離れた結果になっている。上顎に穴の開く口蓋裂に至っては、難しい修復の技術が要るので、ほとんど手をつけていない。口の中の奇形は一応外からは見えないのだが、患者は鼻から発音が洩れるので、他人が言葉を聞き取りにくく、たいていの職種に就くのにさし支える。

アンツィラベには、私たちが贈った手術室のほかに、日本大使館から寄贈された滅菌器なども備えられている。それらの器具がきちんと動いているのは、七十代もおわりに近い日本人のシスター・牧野幸江と、ポーランド人のシスター・ゴーシャの二人の看護師さんが、いつも厳密にその管理をしてくれているからである。

これは私以外にも多くの人が言うところだが、そして世間を恐れずに言わなければならないことなのだが、アフリカの多くの人たちの気質の中には、現在までのところ、日本の平凡な労働者・職人・事務方などと決定的に違う部分がある。それは、ものごとを正確にやること、と、急いで仕事を片づけること、の二つができないという性格である。もっともアフリカでも一部の知識人は例外だし、日本人のほうも最近では、この二点を確実に遂行するという気概が次第に薄れて来た、という兆候があるようだが……。

想像以上に高度な社会

私はこのプロジェクトの支援の裏方として、昨年に引き続いてでかけたのである。もっとも私は高齢と足の怪我の後で、体力もなくなり、行動も自由ではないから、他の支援のボランティアの人たちの十分の一も働けない。

ただ一昨年と去年にかけて私の本は珍しくベストセラーになった。そういう不労所得は、自分の財布に入れておくと体と精神に毒が廻るというのが私の迷信なのである。それならこうした遠征の時に、受け取りの出ないさまざまな支出に使ってしまうのがいいということになって、労働には役立たずの私にも出番があることにしたのだ。

ドクターたちは、一日に二、三人ずつ、国立病院は決して手を付けないような難しいケースの手術をする。一日、十二、三時間働きづめの日程だ。中には、以前に数回土地の医者から手術を受けていて、ことごとく失敗しているような気の毒な患者もいて、その親は、以前どこで手術を受けたかを聞き出そうとしても、なかなかほんとうのことを言わない。初めての患者だけ日本人のドクターたちは手術をしてくれる、と思い込んでいるので、嘘をつくのである。

マダガスカルの医師たちにはできないような難しい症例でも日本の医師たちならただで治してくれるという評判が広まり始めているので、貧しい患者の親子は、遠く離れた土地からでも、乗合バスを乗り継いでやって来る。

ボランティアたちの主な仕事の一つは、手術の前に患者たちを洗うことである。子供たちは普段顔や体を洗ってもらったことがない。なぜなら、マダガスカルはもう冬になっている。私たちもフリースなどを着て、夜は自分の寝袋を持って来て寝ているが、そういう土地では、体を洗うお湯を沸かすなどという贅沢はほとんどできない。しかし水浴をするということも寒くてできない。すると子供たちはもう数日、或いは一カ月以上も体や顔を洗っていないわけだ。

患者の子供たちはまず修道院の産科外来にある温水のシャワーで洗わないと、手術台の上に載せて消毒液をかけても、顔の垢が無限にほとびて来るだけで手術を始められない。口の中の衛生状態も同じである。歯ブラシを買う経済的余裕もなく、その必要性も理解できない人たちだから、患者の子供たちの歯は、歯垢どころではない汚いままである。口蓋裂の術後の感染症を少しでも減らすには、その場限りにせよ、まず口の中を歯ブラシできれいにしなければならない。

私がアンツィラベの「アベ・マリア産院」で過ごしたのは一九八三年が初めてだが、その時には、元フランス人たちが建てた建物に付属した部分に、修道女たちの中で看護師や助産師の資格をもつ人たちによる、素朴な産科の入院施設があるだけだった。昔ながらの土地の人たちは、子供におむつを当てるという習慣もなかった。入院して初めてシスターたちにそのことを習うと、オシッコで濡れたおむつは、洗わずにそのまま室内で乾した。だから入院室はいつも、オシッコの臭いで満ちていた。

ここの人たちは、なぜこのことをするのかという生活の基本理念をほとんど考えない。私はその後何度も、入院施設に泊めてもらったのだが、その度にどうしてこんなことをするのだろう、と頭を抱えることばかりだった。

たとえば病室の窓には網戸が張ってある部屋もあったが、その網戸は窓の全面を覆うだけの面積ではなく、その一部だけに張ってあるのである。網戸はつまりお飾りであるか、言われたから材料のあるだけをつけておく、という感じだった。

今度も私たちは、新しい病棟の「特別室」を空けてもらってそこにいたのだが（とは言っても、宿泊と三食つきで、三千円だった。これでもドネーションの分が充分に含まれている額である）、シャワーのカーテンはなぜか床まで届かずつんつるてんに短いので、水滴は必ずシャワーの升の外に撥ね飛びあたりを水びたしにする。

洗面所のベースンの上には、お定まりの小さな棚があって、歯ブラシだの嗽《うがい》コップだのを置くようになっているのだが、この小さな台の出っ張りのおかげで、人間の顔はどうしても洗面台の端からはみ出してしまい、これまた床に水溜まりを作る原因になる。しかもこの棚は設置する時手前に傾いたままつけたので、うっかりすると上のものがすべり落ちて来る。

何のために、どのようにしたら、完全に所期の目的とする機能が果たせるか、ということを考える社会、というものは、実は想像以上に高度なものなのだ、ということを日本人は意識していない。

自分一人以上の人生を推測する

しかしこんな文句は、まあどうでもいいことだ。日本から派遣された大学病院の看護師さんたちは、手術室ではドクターたちの手順の先廻りをして、その次の瞬間必要なものを手渡す特殊技術者なのだが、その若い看護師さんたちは、土地の看護助手たちにいくら言っても、血液のついたガーゼを再び洗って使おうとしているので、洗濯ものの干場を睨んでいる。もちろん血でぐっしょりするほど汚れたのは捨てているらしいのだが、ちょっと汚れた程度のものは、洗濯をして自動滅菌器に入れて使おうとする。

「ここでは滅菌ガーゼなんてものも買えないですからね」

とシスター・牧野は解説する。昔は日本にもあったさらし木綿のようなものを、一反で買って来て、それを切って滅菌して使うのが分娩室や手術室のガーゼというものなのだ。昔、初めて助産師のシスター・遠藤能子《よしこ》に会った頃は、滅菌器もなくて、彼女はガーゼを大きな調理用のストーヴの端に置くことでその目的を果そうとしていた。当然ガーゼはどんなに調節していても、間もなくすばらしいトースト風狐色に焦げた。

しかし今日の日本の手術室では、一包みで滅菌されたガーゼの封を開けて、その中の一枚、二枚を使えば残りはそのまま捨てる。土地の看護師のシスターたちが、袋に残ったガーゼを狙うのは目に見えている。手術室で着るガウンや靴カバーも、一度使ったら日本人は捨てている。しかしそれを土地の人たちは拾って洗い、再び使うのはむしろ自明の理だったような気もする。

素人の私は今度、そうした滅菌消毒済みの不織布にもすべて「賞味期限」ならぬ「使用期限」があることを知った。だから来年まで保《も》たないものは、撤収の時に土地の人たちに使ってもらうように仕分けをして来たのである。

しかし去年苦労して運んだ麻酔器を、土地の医師たちに使ってもらうことには、私を初めすべての関係者が反対した。土地の麻酔医たち（専門家がいるかどうかは知らないが）は、保管管理をいい加減にし、もしかすると機械の部品そのものを失うか壊したまま放置することがアフリカでは眼に見えているからである。私たちは麻酔器をシスター・牧野に頼んで一室に保管して鍵をかけてもらい、来年再び日本人の医療班が来るまで手を触れないようにしてもらわなければならなかった。

これは、ほんとうは辛い処置である。しかし私は今まで多くの国で、日本の援助で建てたという病院なるものを見学した。日本人は立派な建物や設備を作って、にぎやかな完成式をして、土地の高官たちと握手して去って行く。日本人の現場の管理者が少しは居残ることもあろうが、彼らがいなくなると、半年でエレベーターはガタガタしだし、手術室には砂埃《すなぼこり》がたまり、機械は壊れ、レントゲンのフィルムは切れて使用できない状態になる。

貧困という状態は、「全体像」を見ることを不可能にする。

私の生活では、私の暮らしは（もちろん卑小な意味のものばかりだが）すべての他者と繋がっている。医療機関にできるだけかからなければ、後期高齢者用の健康保険を使わなくて済む。この木の高い枝ははらっておかねば、隣家の樋《とい》を落ち葉で詰まらせて迷惑をかけることになる。

つまり私は自分一人以上の人生を推測することなく生きていない。しかし貧しい人たちはそうではない。摑んだものをにぎり締めていたら、それだけ得なのだ。どちらが正直で人間的なのか、今や私には判断がつかない。

ここ三十年間、私の暮らしは、なぜかアフリカ、中近東と毎年かかわるようになった。ほとんど毎年春にでかけていた私は、庭いじりが趣味なのに、我が家の春の花をもう何十年もまともに見たことがなかった。それでも私は習慣のようにチューリップの球根を植え続けていた。こんなに深入りしているにもかかわらず、偉大なアフリカには無限に私の知らないことがある。

今年知ったのは、痛いことをするにちがいない医師の前に出る子供たちは、泣いているのもいないのもいるが、必ず左の手に日本円に換算して四円程度の垢だらけの小額紙幣を親から握らされていることだった。お金を握らせていれば泣かない、と親たちは信じているのである。この真意をまだ私は摑めていない。

第二話　家も人間関係も風通しが大事

「訳あり」の家庭

たいていの世間の人たちは、自分の家に不満を持っているというが、実は私は、今自分の住んでいる家にほとんど満足している。こういうことを言うと、「お宅はお金がおありになるから」とか、「贅沢な家をお建てになれば、不満もないでしょうよ」などと言われるだけである。

確かに私は運はよかった。人生でたった一つなりたかった職業について、一生それで生きることができた。体が丈夫で働くことに耐えた。この二つだけでも、どれだけ大きな幸運かわからない。

しかし世間で誤解されていることもある。私が両親からかなりの財産を受け継いだという印象である。私は自分の育った家のあった土地に住んでいるのだから、まるで親から相続したように見えるが、私の家庭は昔から「訳あり」だったから、父は七十歳近くになってから私の母と別れて再婚した。父に別の女性がいたことが離婚の理由になったどころか、母は性格の合わない父と離婚できたことを喜んでいたし、その父に再婚の相手が見つかったこともついでに喜んでいた。

父母に離婚してもらったのは、一人娘の私であった。いっしょにいさえしなければ、人はそれほど他者を憎むということもない。母が父から取りたがっていた少しばかりのお金や、母が自分のものだと主張していた僅かな「所有物」を一切捨てて、何も持たずに家を出るなら、母の生活一切は保証します、と私は言った。もうその頃、私は少しまとまった収入があるようになっていたからだった。

当然私は母と一緒にそれまで結婚後も住んでいたいわゆる生家を出る予定だったが、そんな背景があって父の方が新婚の妻と新しい家を買って出ることになった。その時、私は税務署に事情を話して、父と娘の間ではあったが他人と売買するときと同じ条件で、父から古い家を買ったのである。税務署の人は私に、私の銀行通帳から、買値通りの額を確かに父の通帳に振り込むように教えてくれ、私は銀行で少しばかりの借金をしたが、無事に父との関係をきれいに終わらせることができた。父が亡くなった時、父には新しい夫人とその人との間にできた娘がいたので、私は相続を一切放棄した。私は税務署風の言い方によると「ゼロ円」を相続したのである。

その家は一九三四年に父母が今の場所に建てた時、すでに築数年の古家であった。葛飾区から解体して移転したのだという。古い、木と紙の家であった。別に私の家が特に貧乏だったのではないが、当時の日本家屋はそんなものだった。居間の内側と外界を隔てるものは、昼は障子の紙一枚だったのだから、今の断熱材を使う発想からみると、驚くばかり原始的なものである。夜になると木製の雨戸を閉める。その代わり「土庇《どびさし》」と呼ばれた実に深い軒が長々と出ていた。それでも昼間に激しく降り込むような豪雨が来ると、雨戸を閉めた。

父たち夫婦が別に住むようになった後、その古家はわずかばかり改築したりしたが、或る日私は平屋の屋根の棟の部分が僅かに波打っているのを見つけた。床も少し揺れるように感じられる場所があった。当時のお金で二百万円かけても、どこがなおったのかわからない程度ですよ、と大工さんに言われて私たちは考え込んだ。

　それより以前、私は父から逃げていける場所を欲しがっていた。父の家に住んでいては安心の場がなかった。私たち夫婦は最初に自分たちの家として、葉山に小さな別荘を買った。その家は、当時の言葉で言うと「オンリーさん」の家だった。進駐軍の特定のアメリカ軍人に囲われて、仮の家庭を作って住む女性はたくさんいたのである。

　家の中はベニヤを貼った洋室が二つだけ、それに六畳くらいのダイニング・キッチンがついていて、寝室の壁はサーモンピンクに塗ってあった。庭には木など一本もなく、ジャリを敷いてあったのは、友だちが車で乗り付けるアメリカ人向きになっていたからだろう。大型車が三、四台は駐車できる面積があったように覚えている。

　どんな家でも雨露をしのげれば、私には天国だった。或る朝その家の庭に立っていると、そこに土地の新聞配達のおじさんが来て、

「奥さん、『ザ・ヨミウリ』取ってくれんかね」

と言った。何で私が英字新聞の「ザ・デイリー・ヨミウリ」を読まねばならないのか。数秒で私は、自分がオンリーさんだと思われたのだ、と悟ったし、その家の素性も明確になった。

このベニヤ板造りの家は、私たちが初めて自分たちで手に入れたシェルターだった。私はその家が大好きだったが、戦前は明らかに避暑地だった逗子・葉山は次第に東京への通勤可能区域になって来た。早朝私が寝ぼけた顔で庭に立っていると、出勤の男たちが急ぎ足に塀の前を行く。私たちは朝寝坊ではなかったが、東京を離れた日には、少し自堕落な暮らしもしたかった。それで私たちは通勤可能な土地はサラリーマンに明け渡して、さらに南に逃げることを考えるようになった。

一九六〇年の安保闘争が落ち着いたころ、つまり私が三十歳、夫が三十代半ばくらいから始まった数年が、私たちにとっては家を作る基本の年になった。私たちは夫の両親を呼んでいっしょに暮らす決心をした。既に夫の両親も六十歳を越えていたので、二人の老後のことを考えるとそれが当然と考えられたからであった。

夫は後になって笑う。彼は彼なりに、両親の寿命があるのも、せいぜいで後十年か、十五年と考えていたようである。当時の日本人の常識では、それくらいがごく普通の寿命であった。息子についても、二十二、三歳で大学を出れば、それで家を出て行くだろう、と考えたようだったが、これも予想は大きくはずれた。息子は十八歳で地方の私大に行ったので、それからは私たちと別に暮らすようになり、大学を出るとすぐ幸運にも就職できた大学が阪神地区にあったので、神戸で所帯をもつようになった。そして夫の両親は二人共九十歳前後まで一応健康に生きた。三十歳以後の私は一度も、三人の親たちと別に暮らすことはない、というにぎやかな運命に置かれたわけである。

そうした家族再編成の中で、私たちは葉山の家も、東京の親が建てた家も、順番に建て替える羽目になった。

葉山から移ったのは三浦半島の最南端に近い農村だったが、庭の周りは海だった。私はこの土地がどこよりも好きだった。東京の生活は重すぎたが、ここへ来ると束の間の解放感を味わった。

東京の家は、つまり戦前の一九三〇年代半ばに建てた家だったので、普通の町家は二十年保てば長い方と言われる年限をとっくに越えていた。私たちは住居と仕事場をいっしょにした家を設計して、知人の大工さんに工事を任せた。

この家に、今も私たちは住んでいる。増築した九坪ほどの書斎以外は、断熱材なるものも意識にない時代に建てたままである。外壁も取り替え、トイレも台所も改築はしているが、私は今でもこの家の間取りを後悔していない。

互いの存在悪を薄める距離

よく私が書いている通り、私の母は福井県の田舎のやや没落した家に育った「普通の田舎者」だが、学問の世界では教えられない、いくつもの感覚的な助言を残してくれた。

家について母がいつも言っていたのは、一部屋に必ず二面以上開口部を取って、風通しをよくすることだった。私はこの教えをよく守って家の設計をした。できたら十文字に風の吹き抜けるような家がいい、と母は言ったことがある。今の家の台所に立つと、確かに風が前後左右から吹き抜けている。

家の周囲も、母に言わせると、空気の通りがよくなければいけないのであった。古い家の周りは、当時の家がどこでもそうだったように、八つ手や南天やもみじや紫陽花《あじさい》などがかなりぎっしりと植えてあったが、母はそれらの植物の葉が家の羽目板に触れないように、いつも鋏《はさみ》で自分で切り落としていた。風通しが悪いと、家が腐り、住む人も病気になると母は信じていた。

後年私は、この母の命令と全く反対の好みを持つ人に出会った。家の周囲には深い緑が生い茂り、玄関に至るまでにも、その枝をかき分けて行くような家が好きだと言うのである。その光景を想像すると、ほんとうにその方が思索する人には向いているようだったが、私は母のいいつけを守るようにした。

人間関係もそうであった。深く絡み合ったら、お互いにうっとうしくなる。世間の風が無責任に吹き抜け、お互いの存在の悪を薄めるくらいがちょうどいい、と私は思ったのである。もちろん一生に一人や二人、自分の存在によって迷惑をかける人が出るのは致し方ないが、重い関係になるのは、相手に悪いからできるだけ避けた方がいい。風が吹き抜ける距離を置くというのは、最低の礼儀かと思ったのである。

母は小さな部屋をたくさん作ることも嫌いであった。昔の人としては大きな女性だったし、茶道をやる趣味もなかったから四畳半の茶室の美を解さなかったのかもしれない。今の日本で広い部屋を作るのはぜいたくなことだが、私は家を設計する時、部屋を細かく割ることをしなかった。大きな部屋をコーナーで使い分ける方がいいと思ってそれを実行している。

昔ミサワホーム社長の三澤千代治《みさわちよじ》氏と対談したことがあった。その時氏は、現在の庶民の家の天井が低いのを嘆かれ、気宇壮大《きうそうだい》な人物は、お寺のような天井の高い建物で育つ。育った家の天井の高さと子供の性格とは、あきらかに関係がある、と言われたことを思い出す。気宇壮大を期待することは無理だったが、私はあまりこせこせした間取りの家で暮らしたくはなかったのである。

小さな面積の部屋の多い間取りの家では、子供にもすぐ答えを与えてしまう。しかし茫漠としたスペースの中で寝起きして未来を考えると、自分は一体どんな人になるべきか、いかなる道に向かって歩むべきか、途方もなく自由に迷うのだろう。

しかし宮殿で育つとしたら、それはまた不幸なことのように見える。多くの皇帝、王、貴族たちは、広大な宮殿の広間を愛さなかった。小さなスペースで家族との団欒《だんらん》を望んだのみならず、最期の別れさえ惜しんだという話もある。ありがたいことに、庶民はこの矛盾する状態の狭間を、うまく選んで暮らすことができるのである。

部屋数は減らしても、私は納戸や収蔵スペースをできるだけ多く取ることにした。台所に直結して狭い食料置き場、北側の土間を利用した寒い貯蔵スペース、そして外の納屋と三段階の貯蔵庫を持っているのも、私が料理が好きだからだろう。外の納屋には、我が家で採れたタマネギやジャガイモを風通しのよい状態で保存するのである。

床は物を置く場所にあらず

私は比較的、ものを片づける性格らしかった。作家は書物の山の中から、自分の欲しい本をすぐに探し出せる、という一種の伝説があるが、私は怠惰で、そうなると本そのものを探すのを止めようかと思うのである。すべてこうした本は資料として大切だということを、深く心に銘じてはいるのだが、探すことが億劫《おっくう》だと諦める傾向が年を取るほど強くなって来たことを感じないわけにはいかない。だから仕方なく、ある程度はすべてのものを分類しておき、すぐ引き出せる工夫をしている。そして家中はがらんとしていて、むしろ何もない方が美しいと感じる。

「床やテーブルや椅子は物置ではない」というのが私の好きな言葉なのである。床は歩く所、テーブルは飲食物を置く所、そして椅子は腰掛ける目的のために在るものである。

お中元やお歳暮の頃には、我が家にもおいしい桃や冬のお漬け物などを送ってくださる方がある。そうしたものを、私はその日の夕方までは、食堂の一部に置くことを（自分に）許すことにした。大切に用途に沿って片づけるという作業より、急ぐ原稿があれば、私としてはそちらの方を先にしなければならないからである。

しかしその夜までには、巨大な冷凍庫に一応しまうものはしまい、秘書に僅かでも分けて持って帰ってもらうものは分けてしまう。私は自分の娘のような年齢の秘書に、今夜のおかず分だけ新鮮な食材を持たせるのが好きで、それは親切というより、おいしいものが一刻も早く多くの人の口に入るという合理性の方が気分いいからであった。

しかし夕方より遅くまで、頂きものをその辺に放置することはしないようにした。「床は物を置く場所にあらず」の原則なのである。考えてみると、母も同じような気質で、台所に食物の箱が積んであるなどという光景は記憶にない。

今の私たちの住処《すみか》は、何しろ五十年は経っている家なのだ。外見がきれいだったり、しゃれた作りだったりする点は全くない。しかし私にとっては、今でも働きいい家なのである。階段は、設計段階でスペースとお金が不足していたので、かなり急になった。その家がほんとうに裕福かそこそこ貧乏かの度合いは、軒の長さと階段の傾斜でわかると私は思っているのだが、その見方で言えば、我が家の階段はかなり貧困な家の基準に合致する。

　私は六十四歳と七十四歳の時に、一本ずつ両方の足首を折り、爾来《じらい》、足の運動能力の柔軟さを失った。だから「この頃、家庭用の椅子式昇降機もあるのよ」などと聞かされると、一瞬心が動くが、二階に上がるという動作がいい訓練になると思っているので、いまだにそういうものを使っていない。どんな情況もまた、役に立てるという気力さえあれば、何かに使えるというものだろう。

　風通しのいい人間関係を、私は求め続けたという気はする。私は人の噂話というものが好きではなかった。理由は簡単で、多くの場合それは全く不正確だったからである。「その人のこと」はあまり知らない、という距離感が、私は好きだった。自分はその人にとって親密な大事な人ではなく、ほどほどに遠い人だけれど、ただ記憶の一部に、できれば気持ちいい状態でいさせてもらう方が居心地がよかったのである。

　風通しよく生きる方法は、それほどむずかしくはない。家族の一人があまり強烈な我を通さず、物事に執拗に固執せず、諦めと共に、淡々と家族が大して辛くないことだけを願って生きれば、多くの場合、その関係はうまく行く。

昔母は家を駅の近くに建てたがった。自分が太っていて長く歩きたくなかったからだろう。しかし長い年月を考えると、駅近くはほんとうに時間の節約になった。家の向きを、ほんの少し真南より西に振ったのも母だった。そのせいで、夏は西日がきついが、冬はいつまでも明るく温かい。母は自分の結婚生活が不幸で暗かったから、せめて温かい西日を冬の日にも求めたのだろう。

私も根は心が弱く、ものごとの暗い面ばかり考えるたちだったから、西日を大切にすると寒い冬にもどんなに心理的に救われるか、身を以て知るようになっていたのである。

第三話　労を惜しんで衆を恃む行動は醜い

疑ってから信じる

東京電力福島第一原子力発電所の事故の後、原発を認めるかどうか、そもそも原発はどの程度安全に管理できるものなのか、などということを、民意を反映して決めようという動きが目立った。それというのも、政府の発表も、原子力安全・保安院の報告も、東京電力の記録も、すべて信頼できないということになったからのようである。

人を疑うことを、私は大賛成である。大体、日本人は人を信じ過ぎる。そして信じないことを悪徳と思う。しかし疑ってから信じるのが、人間の意識の妥当な経過というものだ。私は知らない人を信じるほど善人であったことは一度もない。

日常的なことで言えば、夜遅く女性が一人で寂しい道を歩くことは、ほとんどの外国では非常識である。夜道を女性一人が歩いていれば、それは「その手の商売をしている人」だと思われても仕方がないのだ。夜道の一人歩きが多分大丈夫と信じられている日本は、だから外国の称賛を浴びるほど、並外れて治安のいい国だということになっている。

日本人の信じられないほどの人の良さは、あらゆるところに発揮されている。外国の援助団体は、私たち日本人から受けた人道的援助のお金などというものを、すべて貧しい人たちのために使うだろうと考えたりするのである。或いは貧しい人はすべて清く美しい心を持っている、と決めてかかっている。

自分の国の「弱者」(これは私の嫌いな言葉だが)への援助だろうと、それに係わる人が、大統領から貧しい村の神父まで、外国からの金を「流用する」のはごく普通のことだ。盗む、というより権力者は「流用する特権をもつ」ことと解釈されているし、本来の目的より、もっと身近な弱者にすぐ恵む気になる優しさを持っている。弱者は、それこそ親戚中に何十人といるのが途上国というものだ。

あの、かつて誰も体験したことのないような大震災と原発事故の中で、私はそれでも、事故に関係したあらゆる人が、よく報告を続けたと思っている。これが、中国や北朝鮮などの独裁国家だったら、自国の面子《メンツ》を考えて事件は完全に首脳部の都合で隠蔽され、厳重な情報の統制が敷かれて、真実がまがりなりにも同時進行の形で伝えられるなどということは、とうてい考えられないであろう。罰を恐れての責任者の逃亡なども考えられる。現にチェルノブイリの場合は、旧ソ連圏に属していたのだから、事故そのものが、他国が騒ぎ立てるまで公表されなかった。

いささかでも根拠のある客観的情報が、事件直後に政府から出されるなどという「早業」が可能なのは、かなりの先進的な民主国家だけである。日本では混乱はあったが、とにかく政治と経済の中枢の機能が集中している東京では事故発生後ほんの一部の地域に停電はあったものの、ほとんどの住人が停電を体験しなくて済んだのだから、驚異的なことである。これによって事故と同時に報告は続けられた。これは私から見れば、奇跡的な能力である。

マスメディアのおかげで、国民も同時進行の状態で、事故の概要を映像ででも見ることができた。映像というものは、一番信頼できる。嘘のつきようも、隠蔽の方法もない方法である。災害の強さも生で伝わって来る。日本は、これまでこれだけの規模の災害に対処する訓練もシナリオもなかったのに、いわばぶっつけ本番という形で、あれだけ情報を公開し続けられた。私は今でも称賛を惜しまない気持なのである。

実は私自身は、事態の成り行きを、同時進行の形で、メディアで見ることができなかった。あの日、私は神奈川県の海の傍の家にいたので、地震の瞬間から何十年と体験したことのなかった長時間に及ぶ停電というものに見舞われた。私は毎年必ず、電気が全くないか、日に何回も停電して平気な国に行っていたので、停電に対処する訓練ができていたのである。

私はやっと普段は使わないラジオを探し出して来て、買い置きの電池を入れ、それで一応の情報は得ていたと思うが、やはり視覚的には全貌を捉えることができなかった。妹が何時間置きかに電話をしてくれて、要領よくニュースのレジュメを話してくれたので、私は今でも記憶に空白がないような気分になっているし、その日は使い捨てカイロの買い置きもあったので、部屋の暖房はなくなったが、服を着たままカイロを投げ込んだベッドにもぐり込んで、寒さに震えることもなかった。

ほんとうに私は停電という事態に馴らされていたことをどんなにありがたいと思った

ことだろう。電気のない土地、または始終停電をしている国では、私は必ずハンドバッグの中に懐中電灯を入れて歩いていた。日本人は停電になると、旅行カバンから懐中電灯を探し出そうとする。しかし停電になった後で、荷物の中の懐中電灯を探すということは、ほとんど不可能なことなのである。

東京電力が、神奈川県下の百二十八万戸への送電を地震発生の瞬間に切り捨てたということは、私流のいい方をすれば適切な戦略であった。東電は東京の電力を守ることに集中したのであろう。理由ははっきりしている。東京には日本の生命線を動かすあらゆる重要人物がいるからだ。総理をはじめとして、政財界の中心人物が東京に住んでいる。だから彼らの行動範囲を、停電によって混乱させることだけはしてはならないのだ。

これは非常時なのだから、平等の原理を採ることはない。庶民の生活は、直接生命に危険のない程度で切り捨て、国家としての指揮権確保を目指せばいいのだ。ここのところが、恐らく平和に馴れた国民には理解できないところだろう。

どこの国にも、ごく普通にあらゆる分野で権力の優先順位というものがあるのである。私はどこかの国のように、政治家や官僚の給与も公表されていず、国民は飢えて貧困の中にいるのに、見えない所で贅沢三昧をしている独裁者がいることをいいと言っているのではない。しかし橋、フェリー、水路、などというものは、緊急時において、多くの国で軍と警察が優先的に使う順位を持っている。どんなに民間人が列を作って待っていようと、いざという時には、軍や警察がその目的のために優先して通される。それを軍国主義だの、平等の精神に反するなどという考え方は、全く常識に欠けている。

歴史始まって以来、基本的には自己防衛を闘争によってする他はなかった世界のほとんどの国で、非常時の平等などというものは理解できない発想なのである。

調整こそ人間の叡知

原発を認めるか認めないか、ということについては、私は、自分で判断ができないから、尊敬する日本人の大勢が決めた運命に従う決意をしている。

理想を言うのは簡単だ。原発ゼロでやっていければ、それに越したことはない。だから期限を決めないなら、私もいつかは原発ゼロにすることに賛成だ。しかしそれが可能かどうかは、私のような者にはますますわからないところだ。

こうした問題について市民の意見を聞くという体制ができつつある。しかしいつ原発ゼロにできる方途がつくのか保証もない段階で、そんな議論を素人ができるものではない、と私は思う。

エネルギー問題は、常に価格と、それからCO_2の排出量との戦いであったように、私は記憶する。

今度の震災があるまで、私は庭の落ち葉も燃やしてはいけないのだ、と考えていた。ほんとうは狭い我が家の庭から出る落ち葉くらい、或いは毎日個人の家に郵便で届けられる郵便物の封筒くらいは、性能のいい焼却炉で燃やせば、ずいぶん便利だろうにと思っていたが、それもできなかった。もともとアメリカでは、自宅の庭の落ち葉を持って行ってもらうのにお金がかかるという。いくらくらいなら、落ち葉の処理費に出せるかを考えて、庭に木を植えるのだ、とも教えられてはいたのである。

しかし地震で一変した。もう誰も京都議定書などというものを口にしていない。停電を防ぐために、東京電力は火力発電所を増設する方向で動いている。クリーンエネルギーをうたう世間のあの情熱は一体何だったのだろう。私の体験では少なくともインドシナ半島からずっと西に向かって全アジア、中近東、東欧、アフリカ全土にわたって、人々はもともと毎日薪を燃やして暮していたのである。アフリカの都市部にならもちろん電気で調理する家庭もある。しかし厖大《ぼうだい》な荒野や未開の土地では、電気もガスもないのだから、先進国が何と言おうと、薪を燃やして日々の調理をする他はないのだ。

二〇一二年の日本は天候が不順で、各地で、洪水が起きたり、東京近辺は水不足になった。九月三日、矢木沢ダムは貯水率五パーセントを切った。農家ではサトイモの葉が枯れて、これではいいお芋が採れない、と心配しているというニュースがテレビで流れた。私の家でもサトイモを植えているが、この野菜はてってしいして湿気た土が好きなはずだから、この日照りは気に食わないのだろう。

洪水も干ばつも必ず起こるだろう。それを調整して行くのが人間の叡知で、その方途の一つがダムなのである。水と電気と食料だけに共通している政治的意味は、それらが必ず量的に十分な余裕をもって貯えられていなければならないことだ。きちきちで安全が保たれるわけはない。それを簡単に、今回の事故後、電気も十分にあった、経済が停滞しているから水に関してももうこれ以上要らない、という意見がここ数年まかり通っているところに、すぐサトイモが乾いている話が出るのである。

最近では古いダムを壊す傾向にさえある、という。もちろん長年の土砂の堆積を放置したことで、ダムとしての機能が失われる場合には効率を考えてダムを壊さねばならないこともあるだろうし、新しくダムを作れるような自然のサイトがほとんどなくなりかけているのも現実だろうが、クリーンエネルギーとしてのダムはまだ十分に存在の意義がある。

九月に入ってすぐ、東京の私の家のある南西部は強烈な雨に恵まれ、多分農家のサトイモも大喜びをしたはずだ。まさに天からの贈り物である。人間はこういう場合すぐ干ばつの危険性も忘れ、ダムなど今あるので十分だという気になって来る。

素人が忘れっぽいのはまだ許せるが、政治家が「水と電気と食料の備蓄」を忘れるのは、実に恐ろしい怠慢になるのである。

電力会社社員を締め出す「民意」

原発を許すのか、許さないのか、という点について、何回か民意を聞く公聴会なるものが、つい最近行われたようだ。またその公聴会に、意見を述べる人として出席を希望した人がたくさんいたという。その多くが、この問題の専門家ではない人たちだった。意見を発表する人の中に、電力会社に勤めている人が数人いたということが後で問題になった。つまり電力会社が、自社の保身と存続のために、弁の立つ社員を意図的に送り込んだと思われ、そういう人を選ぶのは妥当ではない、という世評がしきりに新聞でも取り上げられたのである。

もちろん私は意見陳述人の人選の方法の子細は知らない。しかしこういう場合、多くは賛成、反対、どちらでもない、の三つのグループの中から、ほぼ同数ずつを選ぶのが常識であろう。その他に、若い人や年寄りに偏らないよう、職種もできたら万遍なく散らばっているのがいい、などという配慮はあったはずだ。

しかし電力会社の社員はこの際締め出せというのも、自由な民意が偏ることになる。

私は一九八四年から始まった臨時教育審議会の委員で、あちこちで公聴会が行われるのにも出席し、その時、ついでに裏方の苦労も知ったのである。ほうっておくと、こういう催しは、原則、何かあったらどこへでも出かけて行って、滔々と喋りたい人に場を乗っ取られることになる。あらゆる立場の人が、万遍なく意見を述べられるようにその場を整えるには、むしろ裏方の操作がなくてはならない。

最も原始的な難しさは、左翼にも右翼にも、喋りだしたら止まらないという癖の人が必ずいることである。しかもそういう人に限って、表現力に乏しく、長く喋っても、何を言いたいのかわからないこともある。さもなければ内容空疎なアジ演説をする人が出て来る。無作為にそういう人を選んでしまったら、どんな制止も聞かずに一人で公聴会の時間を独占することになる。

まずその人が良識ある人で、時間を守り、表現力も一応あって、主旨を明快に話せる人でないと困る。そういう点の、事前調査もしなければならない。言葉遣いにしても、主張は主張でいいのだが、穏当な表現のできる人であった方がいいだろう。またアトランダムを守りすぎると、偶然選ばれた人が、代議士の娘や電力会社の経営者の息子だったりする懸念もあるから、経歴も調査しなければならない。

昔の臨教審の公聴会では、なぜか、暴力の心配までしていた。ナイフを持って壇上に駆け上がる人がでないか、ということまで事前に協議していたのである。

私は暴力については全く心配していなかった。一応こちらは壇上にいる。どんなに身の軽い人だって、観客席から駆け上がって壇上に達するには数秒の時間がかかる。その間に、私だって座っている椅子をかざして防御するくらいのことはできるだろうし、いざとなったらそういう人の人格を浮かびあがらせるために、こちらが傷つけられればいいのである。しかしまあ、そんなことはめったにあるまい、とたかをくくるのが私の性格だった。

「ステージの下に、安いお花でいいですからいっぱい飾ってくださるのがいいですよ」と私は言った。花はやはりその場の空気を和らげるし、即席の花壇を飛び越える分だけ、防御の時間は稼げるのである。

電力会社に勤める人も同じ勤労者だ。しかも当事者として現実に直面し、中には会社に不満を持って告発したい人もいるだろう。それを聞かせてもらって冷静に批判し、判断を下すのは自由だが、コネを使わずに応募して来た社員を電力会社に勤めているからという理由だけで締め出せというのは、民主主義を踏みにじった暴論だ。

臨教審の時、私の所に一時、毎日のように投書の山が来た。「なになにに反対します」

という教師たちからのはがきである。どれも全く同じ文章だった。中に一枚くらい、自分の言葉で反対意見を書いて来る人がいるかと思って私は気をつけていたのだが、文面はすべて上層部から配布されて来た文章を丸写ししたと思われるものばかりだった。教師ともあろう人が、自分で意見を述べる文章を書けないのか、書こうという意欲も持たないのである。

何にせよ、労力を惜しんで衆を恃《たの》む行動というものは醜いものである。

公正な公聴会などというものは、期待しても全く無理なことである。それに日々起きて来る問題に対していちいち公聴会を催していたら、それこそ時間とお金がかかって、公務員の数を今よりもっと増やさねばならない。そうした愚を避けるために選挙制度というものがある筈である。

第四話　自分が傷つかずに他者は救えない

賑やかで忙しい世の中

最近私は、しきりに世の中が賑やかになったような気がしている。とにかく暗い事件の話もないではないが、そのほかの話題は、人が励ましたり、頑張ったり、招待されたり、連絡し合ったり、いっしょに踊ったり、食べたり、実に忙しそうな話題が多い。

それも当然だろう。テレビはチャンネルが多いし、私は週に六冊の週刊誌と、一日五紙の新聞を読んでいる。もちろん隅から隅までというわけにはいかないが、たいていの雑事はざっと知っている。ただ私はスポーツ面を全く読まないから、その時間だけはほかの部分を読める。ほとんどスポーツ面だけしか読まないという人もいるから、紙面を作る人に落胆を与えることにはならない。

二〇一一年の東日本大震災の後、皆が熱心に語るのが目立つようになった話題は、被災地復興とそれに関係する人々の働きである。

被災地の子供たちは悲しい思いをしたのだから、いろいろな土地に招かれる。被災地で漁業関係の施設や飲食店などが再開すれば、大々的に明るいニュースとして報道される。被災地の産物はどれも好意的に紹介される。

当然のことだ。しかし被災地のものなら何でもいいということでもない。私は「被災地支援」をうたった蕎麦つゆを選んで買ったのだが、からくて全くおいしくなかった。これは私が東北的な味に馴染んでいなかったせいだろうと思う。しかしもう二度と同じブランドは買わないだろうと思う。被災地の製品も同じ商品だ。同じレベルで勝負をしなければならない。被災地支援だからと言って、何が何でも買うという心理には、どこかで無理があって長続きしない。

私はつい戦争のことを考えるのである。私ほどではないけれど、かなりの年の男性が、今でも「あの地震以来、人生観が変わった」などと言っているのを聞くと、まあそれが悪いことは少しもないのだけれど、戦争の時この人は、どこにいたのだろう。よほど空襲にも遇わず、食料難もない田舎にいたのかなと思う。なぜなら、地震で人生観が変わったのなら、あの長い年月続いた戦争に出会ったらどうなっただろうと、意識せずに比べてしまうからである。

東日本大震災の後は、被災地以外の日本中がその支援のために動いた。絆などという言葉が慌てて取り出され、絆を大切に思わない人は人間ではないような感じだった。

当たり前のことだろう、と思う。昔から、日本人は一族の中に火事や洪水に遭った人がいれば、親戚がその家族にさしあたりの古着や布団を送ったり、自分の家に引き取って泊めることも普通だった。人間的な繋がりは、改めて絆などといわれなくても、強固に存在していたのだ。

昔と比べて今回は、救援の手はもっと組織的で大々的だった。しかしその割にはまだうまく機能していない面もある。私の知り合いの働き盛りの男性に、止むに止まれぬ思いで数カ月後に被災地にオートバイなどでかけつけてみた人が二人ほどいるが、それぞれに勤めを持つ身の限られた時間の中では、どうしてもボランティア活動の場を見つけられず、思いを残して帰ってきたという。私に言ってくれれば、現地での救援を有効に動かせるベテランを紹介したのに、という感じであった。

彼らが阪神・淡路大震災以来、あちこちの被災地で試行錯誤の末築き上げてきたのは、被災地にかけつけて来た各地からのボランティアたちの厚意を無駄なく使うための民間のノウハウである。それらはほとんど原型としてもう完成していると思われるのだが、たとえば臓器移植の全国ネットほどにうまく機能することがまだできていない。今回の地震の犠牲をむだにしないためにも、全国的にこの基本的なボランティア組織の作り方が広まることを願っている。

どんなに絆をうたっても、まだ汚染した土砂の受け入れを堂々と拒む地方自治体もある。放射能の基準は必ず計測して安全の範囲内で作業を行います、と言われても、とにかく被災地の土は受け入れない、という。そのようなエゴ丸出しの行為を恥ずかしくないのかと思う。

自分も他人のために、いささかの損をするか傷つくのを覚悟しなければ、人を助けるなどということはできない。一切の損を認めない絆などありはしないのだ。どうしても、人のために犠牲を払うことがいやなら、自分は冷酷な人間だと思って、絆などという美辞麗句は口にしない方がいいのである。

「参加型」への違和感

先日、被災地から産出される自然の素材を使って、東京の歴史的建造物に壁画を作る話がテレビで紹介されていた。素材というものは、それが人であれ、ものであれ、目利きたちがあらゆる土地から掘り出して来て、私たちに紹介してくれることがいいのである。いわば発見者の勝利、発見されたものの歓びである。

テレビでは、その制作者が、土地の小学校の子供たちをその壁画の制作に参加させているところが紹介されていた。別に悪いことではない、どころか、立派な企画だというのが、現代人の普通の感覚であろう。制作者は、子供たちに心をこめて素材に色を塗れ、完成の暁には、それが自分たちの被災した郷土から出たものだという自覚の下に復興の誇りをもて、という。

そこが私には困るのである。だれでもが参加できることがいい、と世間は言う。たしかにすべての人が、未来に可能性を持つことは望ましい。別に家元のうちに生れなくても、素質さえあれば、誰でもその世界に実力で足を踏み入れられるという解放的な要素は要る。

しかし芸術はあくまで一人の厳密な仕事なのだ。

少しでもその作品に参加したと言いたかったら、最低限、一定期間その人の内弟子になり、住み込みで寝食を共にして、師匠の制作の裏方を務めねばならない。そうした日々のうちに、その技術を盗むのである。その日いきなりその場に立ち会うことを許されて、技術もなにも要らない仕事を少し手伝い、それでその作品の制作過程で共同作業をしたなどと甘いことを思わせる方が、子供たちを堕落させる、と私は思っている。

もちろん私の知り合いのたくさんの土木のエンジニアたちは、かつて自分が作ったダムに子供たちを連れて行き、「これがお父さんの作ったダムだ」と言うことになってい る。ダムはあまりにも大きいので、どんな子供でも、これだけの土をお父さんが一人で盛った、とは思わないので、こういう言い方は無難なのである。

昔の仕事は、いかなるものであれ、一種の聖域と考えられていた面がある。子供が職人の仕事場に入れば「おじゃましちゃいけないよ」と母は止めた。しかし今はすべての人がその仕事にすぐに関係できると思わせる「参加型」が流行している。

その一例がサッカーの試合の前に、選手が子供たちの手を引いて入場する場面である。ほとんどの選手が黙って子供の手を引いて現れる。その間に一言でも二言でも、自分と組んだ子供に声をかけてやって笑ったり、サッカーに関するとっておきの知識を教えてやったりするなら、その意味もあるかもしれないが、皆言われるままに、おもしろくもなさそうな顔で子供と手を繋いでいる。

子供にとっては、憧れの選手と手を繋いでスタジアムに現れ、テレビの画面に映ったりすれば、それは大きな出来事なのかもしれないし、そうした刺激が、将来サッカー人口を殖やすという意図なのかもしれないが、子供が安易に自分にも「その道が開けている」と思うことは教育的ではない。

いつも私が違和感を抱くことなのだが、そもそもオリンピックで金メダルを取った選手が自分と同じ町の出身だったからと言って、それは自分とは何の関係もないことだということを子供たちに教えてやることも、一つの教育である。

それと同じで、地震や津波に遭った土地の子供だからと言って、外国に招待したり、東京を見せたり、音楽を聴かせたりすることも、あまり望ましいことではない。被災地のものなら、悲しみから特産の産物まで、何か特別の意味がある、という付加価値をつけたがる風潮は長続きしないことはわかり切っている。

生活というものは、いつも恒常的で穏やかに、以前と同じように続いて行くのがいい。地震が来る前、津波に見舞われる前まで、子供たちが生きていたのとできるだけ近い普通の暮らしが望ましいのである。もちろん父母が亡くなったり、家が流されたりした中で、以前と同じように生きろ、というのはむずかしいことだ、ということもよくわかる。

しかしそれでもなお、歴史始まって以来、世界中のたくさんの子供たちが、貧困や、戦火や、自然界の激しい変化――火山の噴火やひどい洪水という過酷な変化の中で、黙って悲しみに耐えて立ち直って来たのだ。

毎年秋になると「目黒のさんま」の話がでる。目黒区は内陸部だから、さんまとはおよそ無縁の土地なのだが、落語のおかげですっかり有名になった。鷹狩り帰りの殿さまが、たまたま立ち寄ったのが目黒の農家だった。目黒といえば、まだ坂の途中から富士山が見え、付近は鷹狩りに絶好な土地だったろう。私は今、その鷹狩り用地のちょっと先に住んでいる。

その農家では、自分たちのおかずででもあったのだろう、さんまの塩焼きを殿さまにお出しした。鷹狩りの後はお腹が空いているに決まっている。だから殿さまにはすばらしくおいしかった。空腹は最大の美味の条件なのである。殿さまはその味を忘れかねて、後日あらためて、それを作ってもらった。ところが、脂抜きをするために蒸したりしたので、似ても似つかぬまずいものになった。「さんまは目黒に限る」ということになったのである。

今年も、目黒のさんまがテレビに出た。

有名な行事なのだろうが、私はまだ食べに行ったことがない。だから多分ただで振舞われるのだろう、と推測しているだけだ。昨年、被災地では、恒例の行事を見合わせるかどうかで議論があったという。何しろ数千匹のさんまを東京に送るのだ。しかし復興への願いをかけて、例年通りということになったようだ。漁業組合の意地のようなものであったかも知れないし、けちっていいことはないいんだという智恵であったようにも思える。

誰か知らないが、いい加減におきた炭火で、さんまの姿を崩さずに焼く熟練の「焼き手」によって焼かれたさんまに私は嫉妬していた。しかし中に一人、満面の笑みで、「ええ、東北の復興の祈りを込めて食べました」という意味のことを言った中年の女性には、不思議な反感を覚えた。

ただでごちそうになっておいて、「復興の祈りを込めました」もないだろう、と私ははやとちりかもしれないことを考えたのである。

修道院というところには、時々深い信仰がいつも自然に身についていて、身辺の些事すべてに神の恵みを感じられる人もいるが、凡人はそうではない。復興を願うのなら、その証を示すのが凡人の生き方だと私は思う。「目黒のさんま」の会場には募金箱があって、その女性がそこになにがしかの寄付をしたのかもしれないが、最近の日本には、ただでごちそうになっておいて「復興を願って」などと言える人たちが現実には増えたのである。

静かな荒地を好む花

昔の人は、すべてに黙って立ち向かった。

戦争の災害から復興した時も、庶民の段階ではいつも無言だった。もちろん当時すでに、メガホンで政府の失政やアメリカ批判をがなりたてる人たちも活躍していたのだが、ほんとうに財産すべてを戦争で失って丸裸になった人たちと、それを助けた人たちは、共に黙って時の流れの中にあった。キャンペーンを張ったり、そのことを騒々しく書き立てたりはしなかった。昔からある「貧しい人たちを救うための救世軍の社会鍋」だって、必ず寒風の吹く師走にだけ数日、それも銀座のような盛り場に現れるだけだった。

私はもう三十年近く、素人の野菜と花造りを楽しんでいるのだが、実際にやってみて、観念で思っていたのとはうんと違うと思うことがあった。よく植物は、眼をかけてやればやるほど成果があがる、という人もいるが、私は必ずしもそうは思わない。栽培植物というものは、放置すれば大体数年で死滅するが、一方であまりしつこくいじり過ぎると、育つものも育たないという一面もある。

畑仕事を始めた頃、私は何も知らなくて、かんかん照りの南向きの斜面にミョウガを植えて全く失敗した。私は理由もわからずミョウガを引き抜き、国有地の一部の湿気た所に投げ捨てた。ところがその年、気がついてみると、そこはすばらしいミョウガの畑になっていた。ミョウガは茗荷谷《みょうがだに》という地名が示すように、谷間で日陰で、いつも少し湧き水があるような場所が好きなのである。

私は同じ場所から、今度は拾い物をした。どうも葉が似ていると思ったので拾って来て畑に植えたのは果たしてカラーで、おおぶりな葉に、花屋さんでもあまり見かけないほどのみごとな白い花をつけたが、これは「仏炎苞《ぶつえんほう》」というのだそうである。この国有地のごみ捨て場には誰かがいろいろなものを無造作に捨てるのだが、その中にどこかで捨てられたカラーの球根が混じっていて、それがその場所で思うさま大きく自由に育ったらしい。

もう一つ、我が家には、葉はまるで矮性《わいせい》のバナナのようだが、そこに黄色の大きな花が咲く植物がある。私は忙しく暮らしているので、時々苗を買って植えながら、その名札をつけ忘れ、ついでに名前そのものを忘れてしまう。それもその一種であった。

その年、バナナに似た葉には直径三十センチはありそうな花が咲いた。外側の花びらから順次開いて行くので、花そのものとしては一カ月以上咲き続ける。

この苗は植えた年にうんとたくさんの子供が増えた。できた若い苗をどこに植えていいかわからないほどだった。私は納屋の奥の、全く人目につかないデッドスペースにとりあえず植えておいてすっかり忘れ、水もやらず肥料も与えず、数年間放置したのである。今年ふと気がついて納屋の後ろを覗いてみると、数年ぶりにそこには巨大な「金色の花」がまさに咲こうとしていたのである。

その花は、その静かな荒れ地が好きなようであった。人間も同じだろう。全くほって置かれて、満足という人も珍しいだろうが、いつもいつも人の視線の中におかれ、関心を示す言葉を浴び続けることが幸せという人もまた少ないだろうと思われる。いい加減ほっておいてくださいよ、と言いたくなるのだ。

それが人間のわがままなところだ。

東北の復興を願わない人はいないだろうが、その経過の扱い方は、また人心をよく知る人にしかできないところがある。

第五話　老いても知恵と感覚を張り巡らせて生きる

高齢者への思い込み

自分自身が高齢者になると、高齢者向きの記事も読むようになったのは、そこには簡単に何か「為になる記事」があるに違いないと思うからだろう。若い娘たちが、きれいになるためのファッションやお化粧の知識を得たがるのと多分同じ心理である。

しかし世間にはいつのまにか、高齢者というものに対する一種の思い込みができているような気がする。

先日、田中眞紀子大臣が、都知事をやめて新党を作るという石原慎太郎氏について「暴走老人」と言った。石原慎太郎氏は、私より年下だが、それでも確かに若いという年ではない。しかしその年でなければ身につかない根性や理解の仕方や表現法を心得ている。もちろんその考えに反対するのも嫌うのも自由だが、伊達《だて》に年を取って来た人ではない。

田中大臣は、公人として口にしてはいけないことを言ったのだ。つまり個性を無視して、高齢であることを差別語として使ったのである。私は差別語を使うことに比較的寛容な性格なのだが、大臣の言葉は、悪い意味で「女だから」とか、「病人だと……」と言うのと似た社会的不作法な禁句であることは明瞭だ。女でも男以上に働く人もいるし、病人が病床で素晴らしい知的発見をすることもある。

これだけ高齢者が増えると、年齢を理由に劣等なものとして頭から「老人」をけなすのは、これからは多分禁句になり、激しい反発に遭うだろう。私のように老人扱いをされる方が、生きる上で得だし楽でいい、と考える人は多分少数派だからである。つまり「ハゲ」「デブ」が差別語とされているのと同じくらい、公職にある人が他者を劣等なものとする言葉を口にする場合、老年であることに触れるのは、致命的な無礼に該当するということを、多分この大臣は意識しなかったのである。

現実はすべて個人の問題だ。私は年相応に老いぼれて来ているが、石原氏は自分の年よりはるかに若い年齢の人と同じ活動ができる。逆に、若い時からその職にふさわしくない能力しか持ち合わさないのに平気でそのポストに就く人もいることを考えると、石原氏の働きは日本の国益を根本的に侵してはいないし、大きな刺激になっている。老年より愚かさの方が始末に悪い場合もあるのだ。

まあ、すべて当たり前のことだが、評価は個人差によるということだ。若くて体力もあるはずなのに働かない人もいれば、老人でも長年職人の仕事をして来た人は、普通の生活面では無能で老いて来ているように見えても、自分の専門職となると、何歳になってもまだ一人前以上にできる。私も同じだ。まだ書くことと、講演の時二時間立っていることだけは何でもない。おかしなものだが、「二時間立って列車で行ってください」と言われたら、私は「カンニンしてください」と言う。しかし講演だけは立っていても平気だ。時々立ったまま足がしびれることもあって情けないのだが、それは聴衆に隠して、机の下で足踏みをしていれば防げる。

しかし最近の老人の中には甘えの構造が目立つ場合も多い。当人が甘えている場合もあるが、社会が「人に優しい」などという薄気味悪い言葉で、高齢者を過剰に甘やかすのである。もっとも、どんなに甘やかされても、それでいい気になるとしたら、それは高齢者自身が愚かなのだ。人は生きている限り、自分で判断できるのが普通だ。

経済状態は破綻寸前と言いながら、どういう経済的からくりの結果か私にはよくわからないのだが、日本社会は老人に優しい社会をしきりに作ろうとしてみせるのである。多分老人も同じ一票の権利を持っているから政治家はおだてて票につなげようとするのだろう。

日本が貧乏になりかけていて、負債も多いという時に、老人だからと言って特権のように甘い暮らしが継続できるわけはない、と私は思う。それなのに、老人とは言えない六十代でも、日本人の中には生産しないで遊んでいる人がどこにでもたくさんいる。旅行、お稽古ごと、ゴルフなどのスポーツ、健康や美貌を保つために長時間を使うこと、などどれも一人前の健康と知能を保っている人なら、することではないように思う。

最近爽やかだと思ったのは、金美齢さんに会って「どう？　お元気？」と言ったら「ちゃんと日本国に税金払って働いているわよ」と答えられたことだ。金さんは国籍は日本でも、中国人としての立派な根性を持っておられるから、老人であろうとなかろうと、人はできる限り社会で働かねばならない、ということを知っておられるのだ。

いつも言うことだが、私たち人間もまた野獣と同じ動物だ。生きている限り働いて餌を採ることが生きる形態の基本なのである。もっとも、餌が採れない野獣はまもなく死ぬ運命にあるが、人間社会はそう簡単には見捨てない。ちゃんと社会や家族や友人が、その人をいたわって困難を切り抜けられるように計らう。

しかし人間の基本は何歳になっても、働いて自分の糧《かて》を得る、自分で餌を作り、体の経営をするという原則に従うことだ、と私は思う。それと同時に、適当な時期に自分が死ぬことで、この社会を常に若くて健康な世代に譲り渡して風通しよくしてやることが必要だ、という自覚も要る。

畑をしたことがない人はわからないのだろうが、私は野菜作りが趣味だから、間引きの必要性ということをよく知っている。種は、発芽を促すためにも、いささか必要以上の量を蒔かねばならない。そして生えて来た若い芽は、必ず適当な時期に力の強いものだけを残して間引かねばならないのである。弱い芽、まだ若いうちから枯れかけているような芽は取り除くのだ。

すべての生命の営みは、命を育てる優しさと、劣等なものは取り除く淘汰という残酷な面と、両面を持っているのである。それを日本の社会は全く教えなかったのだから、人間教育の基本もできなかったのだろう。

過保護はぼけをもたらす

先日、日本の休日は何日あるか、ということが話題になった。年によって違うが、約百二十日前後になるという。驚いたことに、日本人は一年の三分の一近くを休んでいるのである。

昔、日本の夏休みの頃、パリに行って、どこかおいしいレストランで食事をしようと思っていたら、有名な店はほとんど夏休みに入っていると言われてがっかりしたことがある。そんな風に休んでばかりいる国は、今に経済が疲弊して、ろくなことにはならないだろう、とごちそうを食べ損ねた私怨を怪しげな公憤にすり替えたのだが、今の日本はまさにフランスと同じように休んでばかりいる怠け者国家になりつつある。

金持ちの家の馬鹿息子みたいに、年に三分の一も休んでいたらどうなるのだ、と貧困な時代の日本に育った私は思う。若い世代がそんなに怠け者で、年寄りも停年後、ひょっとすると後三十年も続く長い余生を、ほとんど遊んで食べるのが当然と考えていたら、日本の国家もろくなことにはならないだろう。

終生ぼけないことは、今では一種の老世代の責任か任務のように思われる。私は中年以後、夫の両親と私の実母と暮らした。正確に言うと、同じ敷地の中に、それぞれの軒が三メートルくらいしか離れていないめいめいの家で暮らし、私たち夫婦が「営繕と給食センター」をやっていた。ミニ老人ホームである。それぞれ癖はあったが、老人たちは皆まじめで、質素で、小心な善人だったので私はほんとうに幸せだった。だから舅が九十二歳、姑が八十九歳、私の実母が八十三歳で、みんな我が家で息を引き取るまで一緒に暮らして、まあ大変な面もあったけれど、家族が崩壊するような危機は全くなかった。三人のうち、私の母は最期の十年間は、あまり意識がはっきりしなかった。夫の両親のうち、姑は最期まで頭は明晰だったが、舅は軽い認知症であった。

今あちこちの雑誌で、それこそ、最期まで「ぼけ老人にならない法」というのが盛んに特集されている。しかし正直に言うと、私はそのどれもが、甘い話に思える。脳というものは、刺激を受けることによって神経幹細胞が活発になるから、それがいいのだという。それを可能にするための方法というものもあちこちで書かれているが、それが余りにも子供じみていて、甘く、私のように昔から今まで「働きづめで」やって来た八十代にはほとんど役に立たない。

脳を刺激するには、やはり運動が一番だという。

自分のケースを元に考える他はないのだが、私は六十四歳と七十四歳の時に、一本ずつ両足首を折った。最初の六十四歳の怪我の時にも、こういう怪我が元で、三分の一の人は寝たきりになるか、車椅子になるか、極度に日常生活が不自由になるか、意欲が落ちるか、つまり生活の質が恐ろしく下がる、と言われた。しかし私は当時、財団で働いていて車椅子のまま仕事を全部果たすことを許されたので、治ってから後も特に行動に不自由はなかった。七十四歳の骨折の時には、怪我の程度がもっとひどかった。誰も口に出して言ったわけではないが、夫は今度こそ多分車椅子の暮らしになるだろう、と思ったという。術後も長く足首が腫れたが、私はそれをものともせず「無茶をして歩き」、結果的には、そのために一人旅もできるほどに回復した。

この点に関して、私は今でも一年に何度も大人気なく怒っている。地方に講演などででかけると、決まって「お一人ですか？」と聞かれるのである。私はそれを最初はずいぶん善意に解釈していた。実は私には秘密の情事があって、その人とこっそり示し合わせて出張を使っていらっしゃるのでは？　と聞かれたのかと勘違いしたのである。しかし数秒後に、お一人というのは、付き添いはいないのかということで、八十歳を越した私の年では、常識的に言うと「お供なしで」一人で旅行などしないしさせないものだ、と相手が考えていることがわかるのである。東京の私の友人の年寄りたちは、いつでも一人で歩いているのに、未だにそういう会話が社会で通用している。

「お一人ですか？」という科白《せりふ》を聞くようになったのは、多分五十代からで、その年なら秘密の男を同行することもまだ十分に似合う年だったのかもしれないと私は思うのだが、実は常識的に言うと、五十代というのは、会社なら十分に偉くなっていて、必ずカバン持ちの秘書を同行する年と認められたのだろう。

そんな甘やかすようなことをするからぼけるのだ、と私は毎回、アクタイをついている。荷物も切符も、秘書や娘に持たせ、電車に乗ると席を教えてもらってそこに坐るだけで、切符の管理もしない。「お茶を買っておいてね」と言うだけで、そのために小銭入れも自分では出さない。こんな偉そうな年寄りはぼけて当然だ。新幹線の切符で途中下車すれば、乗車券だけは機械から飛び出て来るから、続けて持っていなければならない。場合場合によってもっと複雑な計算をされた切符もある。そういう小うるさい管理義務も果したことがなく、改札口を出れば数メートル先の邪魔な地点で立ち止まり、どっちへ行くのかはお供の示す方角次第という老人をよく見るが、あれがつまりぼけをもたらす過保護の姿だ。

もし介護保険もなく、世話をしてくれる同居の息子夫婦もいなければ、老人といえども楽をしてはいられない。足を引きずって近所のコンビニまででも「食料」を買いに行かねばならないし、その時、小銭入れの管理もしなければならないし、ゴミも出さねばならない。どんな老人でも、人は生活の真っ只中にいなければならないのである。

ぼけない方法なるものの中に、あちこちで腹立たしい方法が眼につくようになった。「歩く途中に感動しろ」というのもある。人間が感動なしに歩いているのはむしろ異常だろう。私はよく今要らないものでも記憶しながら歩け、と自分に命じている。どこに何があるか、自分には全く要らない機能でも、ちゃんと見ながら歩くのだ。どこにAT

M、ガソリン・スタンド、弁当を買えるコンビニ、自分がかかる必要のありそうな医院、孫が探していたような塾、手洗いがあるか。どこの坂を登ったら緩やかかそれともきつい階段があるか。その時通りかかる人というもっとも感動的な登場人物が加わるのも、当然のことである。

「退路」を考える精神

昔私は、イタリアのカプリ島で短時間の集中豪雨に遭った。私たち夫婦と一人の矍鑠《かくしゃく》とした英国人の老紳士だけが英語を話すグループで、私は雨宿りをしながらその人と世間話をしたが、その異常な観察眼を無気味に思うようになった。私はその人が昔はスパイだったのではないかと感じ、「この人は間諜だったのかもしれない」と夫に話した。スパイと言えば彼にわかってしまうのを恐れたのである。

ようやっと雨が上がって、私たちは最後のフェリーがナポリへ向かう時間に合わせて島の道をくだったのだが、その時この紳士が「その道はだめだ。途中で冠水していて通れないはずだから、回り道をしなければならない」と注意してくれた。彼はまだ雨が小降りだった時に、すでに豪雨が来た時の「退路」を考えながら歩いていたのである。

ナポリまでの短い船旅の中で、この人は私に自分の過去を手短に話してくれた。私の予想に近く、彼はまだ若い時、アラビアの砂漠を軍命でオアシスの調査に歩いた。途中のオアシスでもしかするとイギリス人かと思われる異様な放牧民に会ったが、お互いに名は名乗らなかった。その時、相手の手を見たが、その荒れ方が完全に遊牧民の生活をしている人だと思えたので、彼は黙っていたのである。後でそれがアラビアのローレンスであったことがわかった。ローレンスの報告書の中に、この人のことが記録されていたからである。この人は、戦後はヨークシャーでハムの製造業をしていたが、私の疑念通り一種の諜報活動をしていたのである。観光地でも退路を考えながら歩いていたのは、その時の癖なのだろう。以後この初老の英国人の精神の姿勢は、私の一つの目標となった。

新しい体験をしようとか、絵手紙を書こうとか、新聞の論説を音読しようとかいうことが老化防止の方法だと書いてあるものもあるが、私にいわせれば高齢者に失礼な提案だ。多分提唱者の学者ご自身がそんなことしかしていないのだろう。多くの高齢者が、そんな児戯《じぎ》に類したことだけをして壮年を生きて来たのではない、と私は思う。梅干しや白菜を漬けるのだって、屋台でおでん屋をやるのだって、洋服の仕立てだって、ほんとうに知恵と感覚を体の末端まで張り巡らせて生きねばならないのだ。

おもしろいことがなくても、一日に一度声を立てて笑う、などという提案は惨めそのものだ。人間の社会は、真実をそのまま認めて語れば、どれも笑いの種ばかりである。川柳がその事実を示している。

ぼけないで若くいたかったら、自分で料理をすることは手近かで一番いい。いかなる薬よりも食べ物と、それを作る過程が動物的で体に効くはずだと私は信じている。

第六話　できない約束をするのは詐欺である

「子供臭い」判断

第四十六回衆院選が公示され、二〇一二年十二月十六日の投票日まで、十二日間の選挙戦が始まった日に、私はこの原稿を書き始めた。これより遅くなると、編集長と係の編集者の血圧が上がることが眼に見えているからである。二人の体力・人格を常に鍛え高めているのは、こうした書き手の身勝手のおかげだということにしておこう。

今回の選挙では、史上最多の政党が並んだという。真面目に考えると、困難の中にある日本の国家的建て直しが迫られたわけでもあろうが、「ああ、あの人なら今まで一貫して肝の据わった政治をして来た。言葉のはしばしに思想も勇気も見えていた。靖国問題一つとっても、姿勢にぶれがなかった。しかも頭がよくて、表現力にも秀でていて、人心を摑んでいた」と言える候補者がいなかったのでこういうことになったのかもしれない。

私のような態度の悪い者は、もしかすると選挙というイベントは、この期間に限った公営競技のような感じさえするのである。

私はどうしても政治に興味が持てず、このごろはあまりにも迎合的で「バカ笑い」と言われるものを売り物にする番組が多いので、日本製のテレビ番組をほとんど見なくなってしまったせいもあるが、この投票という行為ほど、私にとって空しいものはない。簡単な理由だ。知らない人に優劣をつけることはできないのに、それを強いられているからである。

直前になって突如生まれた「未来」という党が擁立した立候補者たちの名前など、実は一人も知らない。聞いたこともない。知らない人を選ぶという時、人はどういうふうに自分を納得させるのだろう、とそちらに興味がある。

昔、私の母たちの世代の話だが、結婚の多くは仲人口によるものだった。お婿さん候補とお嫁さん候補は、まず履歴書と写真を交換した。それから仲人という人に「先方」の話を聞いた。あの一家の親戚にはこうこういう実力者がいて、村の評判では……ということである。嫁さん候補の父親は頑固者だが、不正は一切しない男だということになると、縁談の第一歩は合格であった。

しかし何も知らない人を選べ、ということほど無理なことはない。町で声をかけた男について行け、というようなものだ。テレビの政見放送を聞いたらいいじゃないか、というのは道理だが、人は口先でなら、何でも言える、と私は信じていない。小説家の技量は、鷺《さぎ》をカラスと言いくるめることだと昔から言われているが、それがフィクションであるという約束ならまだ許されるとしても、私は知らない人の言葉など、全く信じないことにしているのである。

それに私は毎日忙しく暮らしていて、政見放送を聞くひまもないことも事実だ。それに政見放送はおもしろくない。人は我慢が要ることはなかなかしないという大前提があると私は思うのだが、政治家志望という人たちは、自分たちが情熱に駆られていることは、他人も感動するに違いない、と思っている。世の中で正義というものはたった一つで、それは全人類に通じるものとも思うらしい。そうした単純な観念が、とうてい成熟した大人のものとは思えないから、政見放送は見たり聞いたりしてあまりおもしろい番組とは言えない。

自分だけが納得する単純な判断を、世間では「子供臭い」というのだが、政治家はつまり幼稚な人ばかりなのだろうか。私は人生のほとんどの時間を、私より賢く複雑な見方のできる人たちと過ごして来た。会話の中でも、知識の上でも、私の内心でもやもやしていた部分を解明し、光を当ててくれる人との会話を楽しみ、感謝して来た。しかし政治家が口にしている言葉一言一言が私の神経にはひっかかることが多い。

もっとも私は彼らに同情もしているのだ。普通の人は決められた時間内に、自分の心情を過不足なく語るなどという技術を身につけているわけがない。自分を語るという行為は、私たちのように書くことを専門にしている人間が、何十年も辛抱強く訓練し続けて来た結果、ようやく或る程度まで可能になるものである。或いは生まれつきなら、人間性によほど胆力が据わっている人にしかできないことである。街頭演説の原稿は、誰か他人に書いてもらえばいいということになるかもしれないが、それも私たちの世界だったら、代作、盗作といわれ、作家の根本的道義に反することになる。

今回の選挙に立っている候補者の一人に、昔、選挙中に会ったことがある。その人は意気高らかで、何か連絡をしに来た人に私の眼の前で言っていた。

「そんなこといちいち丁寧に説明なんかしなくていいんだ。それより『ガンバロウ！』で通せばいいんだ」

つまりそれが選挙通というものなのだ。事実喧しい街頭や選挙事務所の中で、しみじみと人生を語るなどということはできない。だからそこには選挙民を愚民とみて、説明不要とする姿勢が生まれる。立候補者が群衆の前に出る時には、丁重な姿勢でも、視線は私たちを見下していることは明白である。こういう無礼な人間関係を、私は生涯で持ったことがなかったのである。

「知らない」と言う責任

日本人の特性というか、民族的魅力というものに、昔は謙虚さというものがかなり濃厚に存在していた。自分が知っていても、恐らくそれは不確かなものだろうし、その場合にはむしろ知らないと言うほうが相手を傷つけない、と考える賢さのようなものもあった。そうした姿勢の中で、物事を徹底して底の方まで知るべきだという追求の姿勢の基本もできていた。

人間は、すべてのことを知っていた方がいい。知らない場合を体験すると、私も悲しかったものだが、それでもその時には知らないと正直にいうことを自分の行動の基本にしたのである。

しかし現代の人たちは違う。フェイスブックで知っている、という。Eメールをやりとりするような知り合いだという。ファンという関係は、昔風に言うと恋の片思いである。片思いで悪いとは言わないが、片思いは悲しいものだ。相手は、何の理由で自分を無視しているのか考えるとさらに悲しくなるのがまともな人間感覚というものだろう。自分の外見が醜いと侮蔑しているのか、生まれが悪いから避けているのか、金がない家だと知ってばかにしているのか、学歴が悪いから相手にしないのか、有名でないから付き合っても何の得にもならないと思っているのか、ただ傍に来られると不愉快なのか、いろいろな理由はあるだろうけれど、それでも片思いはみじめだ。

ところが今のファン気質は、そんなことに少しも傷つかない。自分が好きで好きでたまらない韓流スターなら、相手は自分を知らず、もちろん言葉一つかけてもらえなくても、それだけで執拗に追っかけを繰り返してお金と時間を使う。昔はそういう振る舞いを、少なくとも「そんな愚かな行為は、はた迷惑でバカに見えるんだよ」と一応の知恵を授けてくれる人がいた。しかし現代はそうではない。その人の欲望が、いかなる理由よりも優先するのだから、人間の行動には、反省の機会もなくなる。

選挙民も、韓流スターのファンも、全く同じ扱いである。前者は票田、後者はコンサートの入場券を買ってくれる金づるである。こういう人間関係だけに耐えられるのは、むしろ強さのあらわれなのかもしれない。

相手を知らないのに、知ったかぶりをして票を集めるのが選挙というものである。昔お会いした或る総理は、「いやあ、おひさしぶりでした」と私におっしゃった。実は初対面である。私はごく普通に名前を名のってご挨拶をした。もちろんこれは、総理という立場からの配慮なのだそうだ。総理は日常たくさんの人に会うのだから、いちいち覚えていられないはずだ、と私は思うのだが、総理に忘れられると、ひどく威信を傷つけられたり悲しんだりする人がいるらしく、総理の方も処世術か優しさかその両方かで、必ず自分の方からは、あなたを覚えていますよ、という意味で「おひさしぶり」とおっしゃるらしい。

もちろんすべての政治家がそうではないだろう。それどころか、実に態度の悪い威張った政治家にも会ったことがある。一つの仕事に一肌脱いでくれた官僚にまで、挨拶もせずにいきなり文句をつけた場面を見て、私はたまげたものだ。

私たちは子供の時から、自分の言葉に責任を持ちなさい、と教えられる。わかったふりをしてはいけません。知らないことがあったら、知りません、と正直に言わなければなりません、と私の親は命じたのである。

ベストのないベターを選ぶ

東日本大震災の後、私は太陽光発電システムや火力発電所などを見に行った。かつては石炭を焚《た》いていた火力発電所が、今は液化ガスを使うようになっていたが、さらにその上、急ピッチで増設も進められていた。

震災後、あちこちの原発が停止したので、その電力不足分を補うために、日本は約四兆円の燃料を買ったという。世界のどこかの国が四兆円という厖大なお金を儲けたわけだ。兆という数字は、私たちの生活の中では、普通桁もわからないものだ。ゼロを三つ、つまり〇〇〇を団子三兄弟の一串とすると、これを四串、〇〇〇、〇〇〇、〇〇〇、〇〇〇と並べた上に数字をつければ兆になる。こんなお金の単位は、私たちの夢の中にも出てこない。

しかし電気と水は、国民の生命線だ。現在使うだけ供給されていればいいというものではなく、或る程度の余裕もなければならない。個人の預貯金と同じだ。もっとも個人は金が尽きれば、それで飢え死にしてもいいのだが、国民を生かす責任を持つ人は、そんな危険を許容してはならない。今足りているから、ぎりぎりでいい、なくなったら慌てて買いにいけばいい、というのは、私たちの家庭の冷蔵庫の中身の話で、水もエネルギーも、必要となっても今日明日には供給できない、小回りがきかない、という特徴を持っている。

しかしそれにしても、一番驚くのは、「原発を〇年までに止める」という公約である。それほど期限を切ってできるものなら、今まで日本人は、既にやっていただろう。そこには経済的・政治的さまざまな流動的難問が山積しているから、いくら試算をしても、簡単には解決できないような事情があったのである。

こういう約束は、私からみると、空約束の範囲を越えている。必ずできるという自信なしに、約束をするのは、詐欺師なのである。それに原発を廃止することを願うのは、誰にとっても今や共通の願いであり、その願いに向かって進むことは共通の常識だろうと思う。むしろ何が何でも原発がいい、原発だけにしろ、という人を探すことの方がむずかしい。そんな決まりきった常識を、政治の売り物にするな、と私は思う。

生活は、微妙な妥協の産物で、常識だけでは解決しない。ベストのない、ベターを選ぶほかはない世界なのである。

その中でも、「未来」の嘉田由紀子代表の発言は、もっとも今日的に軽薄な、アジテーションの調子を持っていた。「安心して暮らせる」という言葉は、嘘つきの言うことです、とかねがね私は言っていたのだが、この方は「子供が安心できる食や大地」という言葉づかいをしている。日本の母たちが、子供にどれだけ自分の家で食事を作って食べさせているかも大きな安心の目安だろう。その他にも危険はある。質の保証できない構造を持ち、万が一事故が起こっても決してその内容を正直に公表しないだろうと思われる近隣国の原発の存在は、「安心できる大地」には該当しないだろう。

嘉田代表が「飯舘村」で上げたという第一声の内容も、政治家として大仰である。

「水も大地もけがされ、これ以上、放射能汚染をばらまくことは許せない」

「けがす」は「汚す」と違って、精神的な意味あいを、悪意に加えたものだ。汚染が飯舘村に残されたのはほんとうだろう。しかしそれは、電力会社の社員が故意にやったことではない。電力会社の社員のほとんどは、電力供給の保全のために、どんな気候や条件の中でもこれまでまじめに働いて来たのだ。

「滋賀県からは多くの職員が福島のために派遣されている。ともに手を携えて原発のない社会を目指したい」

人手不足の中で、職員を応援に出したのは別に滋賀県からだけではないだろう、ということは、私が時々しか見ないテレビの番組にも出ていた。こういう飛躍した表現は、悪い意味で女性的なものだ。

もう一度改めて言うが、いつか原発なしで、十分なエネルギーの補給ができる技術を完成することは、今やすべての人類にとっての悲願なのである。私を含めて「町のおばさん」たちまで全員が、「そうできればいいけどねえ」という言い方をしている。

これは実に当たり前の国民的感情であり、目標なのだ。「原発はこれからもどんどん作れ」と言っている人を探す方が、今では至難の業だ。しかし北海道では、鉄塔が一本倒れただけで、数万戸が停電を強いられて、人々は雪の中で寒さに対する不安に怯えた。

誰でもそう思っていることを、特に自分たちだけの特技、卓見、徳の表れ、正義感や意志の強さのように言うポーズは不愉快なものだ。改めて言わなくてもいいことなのだが、多くの智者ほど、現実的に原発ゼロが○年後に実現できるかどうかという技術的現実に、自信がないから口にしないだけである。現実を直視して、深い不安や疑念を抱く人の感覚のほうがよほどまともだ。

少なくとも私は、選挙の時の公約というものに、今回ほどうんざりしたことはない。どうしてこんなに実行不可能かもしれないことを、平気で約束できる人が、政治家として許されているのかと不思議に思う。そこで、政治家でないなら、この手の約束は、それこそ詐欺師の手口だと言われても仕方がないものだ、と思ってしまう。

収入のある人にまで、まんべんなく育児手当を出す必要など全くないだろう。昔からどの夫婦も、子供を持てばそれなりに支出が増えるのは覚悟の上だった。それでも子供がほしかったから、「子供は米背負ってくるものだ」というような言い方をして、いささかの苦労には換えがたい子育ての妙味を楽しんだものだった。

できるとは限らない、むしろきわめてむずかしいことを約束し、さしあたりの得になるという餌で票を集める、という、古い選挙の手口を、国民がどれだけ見抜くか、それが今回の選挙の楽しみの一つである。

第七話　砂漠文化に現代日本の生ぬるさを想う

オペラと歌舞伎

これから書こうと思う人間関係の凄まじさは、とうてい、愚痴話の範疇《はんちゅう》には入らない。もしこの世に地獄の雛型があるというなら、これは確実にその一つに入るべきものだ。

私の本棚には、中近東関係の書物で、何冊かの教科書か愛読書とでもいうものが、いつもおいてある。そしてはずかしい話だが、私はその中の多くの細部をきれいさっぱり忘れていて、ただ文化の背景にある原則のようなものが、月日と共にいくらか知識として身についただけである。この本の後半はまだ読んでいなかった、などと思いながら本を開けてみると、そこに私のいつものやり方で赤線が引いてあったりすることがある。おやおや、やはり一応読んでいたのだな、と思うと同時に、何と知識の定着力が悪いのだ、学者でなくて小説家でよかった、私は自分の職業の選択を誤らなかったのだ、などと満足するのもこの時である。

私は自分の頭が粗雑なことにもう何十年も前から気がついていたから、この赤線引きの習慣をつけておいて、実に有効だった。何年後にページを開こうとも、私に必要なところはすぐに出てくるからである。これが、本代を安くあげようとして図書館で借りた本だったら、とうていこんな便利な結果はもたらさない。私は食物などにはケチで、ニンジンの尻尾一本も捨てないのだが、本の使い方だけは、贅沢でいいと最初から決めていたのだ。そして自分の所有する本なら、いかに汚そうと自分勝手に使えるのだということに、幸福を感じていたのである。

偶然、暮れからお正月にかけて、私はオペラや歌舞伎の筋というものについて、時々家族と話をすることがあった。オペラを観るのは私だけだが、数あるオペラの中でも、筋が私に納得できるように組み立てられているのは、『アイーダ』と『カルメン』と『蝶々夫人』くらいだと思っている。いかに曲が名作だろうと、モーツァルトの『魔笛』を観るのは、あまりにもでたらめな筋なので、私には苦痛だから避けている。

お正月には歌舞伎を見ることになっているが、今年も国立劇場の座席に坐ってから、初春大歌舞伎の演目は、毎年いわゆるお祝儀もので、皆がごひいきの役者さんがいろいろな姿になって出て来るのを見られることが嬉しいのだ、ということを思い出した。今年の『夢市男達競《ゆめのいちおとこだてくらべ》』は河竹黙阿弥の作である。明治六年に東京の守田座で再演した時、黙阿弥は作品の後半に手を入れたが、以後は原作の前半のみが上演されるだけであった。それも大正時代に途絶えたまま、つまり昭和の六十四年間は全く上演されなかったというのである。

私は眼鏡を出すのが面倒なので、夫にプログラムの筋書きを読ませ、「どういうお話？」と聞くと、「読んでもわからん」という答えが返って来た。そう言えば去年も同じようなことを言われたのである。私たちはイヤホン・ガイドと呼ばれる機械を借りて、説明を受けながら観るのだから、それでも何とかその場その場の話の筋だけはわかるのだが、この耳で聞く解説がなかったら台詞の日本語も半分はわからないし、このお芝居は一体何を言っているのだろうという基本的な楽しみに近づくことも難しいのではないかと思われる。

初めは相撲取りの話かと思っていると、それが戦死したはずの木曾義仲が鼠を引き連れて現れるという筋になる。その鼠騒ぎが続いた後で、突然お正月だからと言うので、七福神のおめでたい宝船の場面になった。実は七福神は義仲の夢に出てきたもので、毘沙門天は義仲に、弁財天はその愛妾の巴御前に変身したのである。大道具の背景に大小二つの小山を持つ島が描かれているのを見ると、夫はかなり大きい声で「あそこに、尖閣列島と書いときゃいいのだ」と言うので、私は周囲の人に聞こえやしないかと気になってたまらない。

しかし歌舞伎にはやはり否応のない魅力がある。衣装の圧倒的な色の美しさに加えて、最近では演出にも新趣向が加えられ、今回は猫と鼠が台所で大立ち回りを演じる場面も用意されている。これがなかなか素晴らしくできていて、いい意味で歌舞伎が新時代を十分に受け止めている可能性を思わせるのである。

そんな優雅な正月休みを過ごして、私は書物の世界で再び荒々しい中近東の世界に戻って来た。ちょうど書いていた小説がその辺を舞台にしていたので、私が最も使い易い数冊の愛読書・教科書・参考書の類をすべて引っ張りだしてひさしぶりに眼を通すことになったのである。

不義私通は死に値する

私が小説の舞台にしようとしていたアフガニスタンは、東京大学東洋文化研究所教授の松井健氏がその著書『西南アジアの砂漠文化—生業のエートスから争乱の現在へ』の中で書いておられるように、私たちが普通に考える国家（ネーション・ステート）ではない。

「政治的に部族的であるというのは、パキスタンであれアフガニスタンであれ、彼らが国家の十分なコントロールの及ばないところで、独自の政治組織をもって自律的に生活していることを示している。大きな問題については、ジルガと呼ばれる長老会議によって議論し決定がおこなわれるが、基本は、家族、血縁集団が、自らの力によって自らの権利を守ることで、自治がおこなわれるのである。

警察、司法権がゆきとどかないばかりではなく、徴税もおこなわれない。中央政府、州政府から派遣された地方行政官は、部族的な自治が優先される地帯では、あくまでも行政の点と線を確保し、大規模な紛争を未然に阻止することを目的としている」

つまりアフガニスタンと私たちが呼ぶ土地には、パシュトゥーン、バルーチュ、タージクの三つのイラン系の部族がいる。その部族の集合体を、私たちよそ者はアフガニスタンと言っているだけである。彼らはイスラムという巨大な伝統の中にあり、世界で最大級の民族集団でもあり、部族社会として政治的な安定を維持している。パシュトゥーン人は他の部族に対して支配的立場にあったが、それは同時に、パシュトゥーン以外の侵略や支配は一切なかったことを示している、と松井教授の研究は私たちに教えてくれている。

学問的でない私流の言い方をすれば、彼らは彼らなりに歴史的秩序を保ち、その中で矛盾も暫定的安定もある極めて人間的な暮らしをして来た、というべきなのだろうか。

彼ら独自の生活規範は「部族的な自治」の範囲でおこなわれる。

「動機がなんであれ殺人を罪とみなす法律に対して、彼らの生活規範は……不義私通（男女の性関係は、結婚している男女間でのみ許される）を犯した者を殺すように規定している」ということをまず私たちは学ばねばならないのである。この秩序の背景をなしているものは、ことにパシュトゥーン人の場合においては、男の名誉（ナング）である。

「パシュトゥーン人の生活規範は、パシュトゥーンワーリーと呼ばれ」「パシュトゥーン人としてより評価される生き方を貫くことを、『パシュトゥー語をおこなう』と表現する」のだという。

パシュトゥーン人の生活規範の概要は、次の六項目によって示される。とは言っても、その内容は成文化されているわけではないので、次に示すのはその中の一人の報告者によって纏《まと》められたもののようだ。

「1　外部からの客人を歓待する。そのために、ゲスト・ハウスを備えている。
2　血讐（バダル）をおこなう。近親者を殺されたときには、必ず加害者を殺す。
3　保護を求めて避難してきたものは、自分の生命をかけても守る。ただし、黒（トル）（第5項で規定）は除く。
4　名誉（ナング）を守る。
5　不義私通（を犯したもの）は、黒（トル）と呼ばれ、当事者の死によって白（スピーン）に戻るとされる。
6　父方平行イトコ（タルブール）とは競争・ライバル関係にある。タルブールは、敵という意味にさえなる」

名誉を重んじる男たちは、三つの「資源」に執着する。金と女と土地である。パシュトゥーン人の女子は生まれると同時に父の兄弟の子供たち、つまりいとこと婚約することになっており、女性が父方以外の親戚と結婚することは極めて少ないという。

「家族の女性成員は、妻であれ、娘であれ、ときには母であれ、まず性的に貞淑でなくてはならない。女性の品行に問題がないということは、男性がその社会のなかで名誉を保持する第一の要件であるからである。このため、家族の男性成員は、家族内の女性成員の行動を厳しく管理し、外部からの女性への接近に対して神経質なまでに警戒的になる」

「性的な関係は、正式に婚姻関係にある男女の間においてのみ容認される。それ以外の性関係は、みてきたように部族的生活規範によって厳しく禁じられ、死をもって制裁される」

「未婚の娘についてばかりでなく、結婚してからもその娘の行状は男にとって重要な関心事となる。彼女の身持ちについてのあらゆる事柄は、ただの噂であってさえ、彼女の父や兄弟の名誉にかかわるのである。男たちは、同時に、父や兄弟としてばかりではなく、夫として女性にかかわる。パシュトゥーンの諺《ことわざ》にいう『良い女は、家にいるか、墓にいるか、どちらかだ』というのは、自身の名誉が、婚姻や血縁によってかかわらざるをえない彼らの周囲の女たちの行状によって左右される男たちの不安を物語っているといえる。家のなかにいて、十分監視できるときには、女性に対して安心していられる。そうでないときには、身内の女性成員たちの品行についての風評ですら、殺人を含む厳しい争いのなかに男たちを巻き込むかもしれないのである」

血みどろの証を伴う恋

私が今回、このエッセイの中で書きたかったのは、今でも実在するこのような人生の生き方を改めて考えてみてもいいと思ったからである。

松井氏はその著作の「性愛のテーマ—逸脱と制裁—」の節の中で、私のような高齢者でさえも、今では全く身辺に見られなくなったような悲劇の形を挙げている。物語の筋を、私の言葉に直して紹介することにする。

ある地方に一人の有力者がいた。この人物は息子夫婦と一つ家で暮らしていた。

ある時、そこへ一組の若い夫婦が逃げて来た。前述のパシュトゥーン人の生活規範に示した通り、保護を求めて避難してきた人たちに対しては、男たちは自分の命をかけてでも守るのが名誉なのである。この有力者は、当然この若い夫婦を自分の庇護の下に置いた。

しかしそれが仇《あだ》となった。避難してきた夫婦は、そこで年月を過ごすうちに、妻はその有力者の息子と愛し合うようになった。もちろん隠して、他人の眼を盗んでの危険極まる恋である。しかしこうしたスキャンダルはすぐに夫や村人の知るところとなった。夫は当然のように、この有力者に彼の息子と自分の妻との姦通の事実を訴えた。

こうした事柄はすべて家長が裁くのであろう。そうでない場合は部族地域の長老会議（ジルガ）が裁定に乗り出す場合もあるというが、この場合有力者は自分自身で裁きを行うことも極く普通にあると見える。

有力者は事実を確かめると、人々を呼んで宴会を開いた。そして招待者全員に祈りを求めた後、回転式ピストルの銃弾六発を全部息子に撃ち込んで殺害した。

喪の期間は四十日間続いた。喪が明けた時、この有力者は自分の庇護の下にある夫に、息子を撃ち殺したピストルを渡した。そして彼に、不貞な妻を殺害してパシュトゥーンワーリーを遂行するように求めた。

夫は言われた通り、妻を射殺した。これによって彼は黒《トル》から白《スピーン》になったのである。

およそ時代後れの理解に苦しむ人々であり、結末だと言われれば全くその通りである。しかし、近年クラシック音楽に属するオペラの新作が全く書かれていないということを考えれば、次に取り上げられるべき筋は、この話以外にはないようにさえ思える。オペラ向きのこの題材には更にもう一つの落ちもついているからである。

この有力者は、不貞の妻を手にかけて殺した夫が、法的には自分の息子になったと告げ、殺された自分の息子が残して行った妻と妻合《めあ》わせたのである。

これは大団円と見なすべきなのだろうか。私には少なくとも、オペラがしばしば簡単に片づけるような心理の処理で受け取ることはできない。しかし実力者の息子と、その家の懐に避難してきた夫婦の妻との間の、禁じられた危険な恋の成り行きは、作者がどんなに存分に腕を振るうこともできる場面だ。有力者の息子がまず六発のピストルの弾で殺された後に、残された避難者の妻の恐怖と悲しみは、描き尽くすのにさぞかし苦労することだろう。それ以前に、夫の不貞を知る有力者の息子の妻が、どのような復讐の役割を演じたかも、芝居の書き手としては見捨てられない部分だ。

一方、姦通した妻を殺すように命じられた避難者の夫の複雑な心境を描くことは、これまた作家にとって腕の見せ所である。

そして最後にもう一つのドラマがあったと松井氏は書いている。共に配偶者を失った者同士の結びつきは、どのような心理の嵐の中にあるのか、それとも疲労困憊《こんぱい》の末の無感動の中にあるのか。この二人の結婚の場面をドラマはどのように描くのか、私は実に知りたいと思うのである。

21世紀イスラーム研究会代表幹事の片倉邦雄氏の『アラビスト外交官の中東回想録――湾岸危機からイラク戦争まで――』には、次のような話もある。

「時と場合によっては、血族関係は安全の保証とはならない。『血族はサソリ』というアラブの諺がある。彼の長男ウダイが父親のSP（身辺警護官）の一人を射殺したとき、フセインは怒り、息子を死罪にしようとしたという。このSPの手引きで父親に女性関係ができたので、母親サジダ思いのウダイが怒ったとも伝えられる」

現代の私たちの暮らす生活は生ぬるいものだ。他人の配偶者と関係を結ぶ人はいくらでもいるが、決してこんな悲劇にはならない。せいぜいでアラブ社会で言う離婚金、私たちの世界で言う慰藉料を取られるか、子供にも会わせないという罰が与えられるくらいのものだ。

しかし荒野で暮らす人々の恋も性も、決してそんな生易しいものではない。だから多分、文字通り命がけの高らかな、沈黙の恋も生まれたのだろう、と思う。現代には全く見られなくなったそうした血みどろの証を伴う恋を、ほんの一瞬だが、私は憧れ、しかしすぐに、この生ぬるい生活の方がいいや、と再確認するのである。

第八話　現世には解決できない原罪がある

恐ろしく人間的な苛《いじ》め

子供同士の苛めや喧嘩と、主に教師などによる体罰とは違うという世間の判断は、それが常識というものである。私の周囲にも、子供の時、教師や上級生に叩かれたりしても、それは温い関係で少しも傷つかなかったという思い出を語る人も多いし、「男の子に殴られたら殴り返してやりましたよ」というファッション・デザイナーの美女もいた。それが健全な「苛めの周辺」というものだろう。

しかし苛めというものは、その質と量の絶対を測る基準の数値がない。ほんのちょっと背中を押しただけ、と思っていても、やられた本人は、そこは危険な崖っぷちだったのだから、押しやられて命の危険を感じたと言うかもしれないし、こちらを見た、という視線だけに怯え傷つき、それ以来、人間関係がうまく行かなくなったと言った人に昔会ったこともある。

これは現実にある或る出版社の話だが、昔「鬼編集長」と呼ばれるこわもての編集長がいて、よく部下を叱った。そして相手がしょげていると、「飛び下りるか？　ここは五階だよ」と言うのだそうである。

同じ社の、鬼編集長より少し若い世代が笑って言う。

「今どき、そんなこと、絶対口にできませんよ。ほんとうに飛び下りる惰弱《だじゃく》な世代がでてきてますからね」

同じ言葉、同じ目つきや仕草に対しても、相手の受け取り方は、千差万別だから、外側から決めることはほとんど不可能である。

その苛めという恐ろしく人間的な部分に関して、行政がどう関与できるか、ということになると、私は非常に懐疑的だが、しかしなすべきことがない立場の人間というのもいないわけで、すべきこと、できることは簡単に決められるだろうと思う。それは、既にこういう状態になった以上、教育を目的にしたものでも、叩いたり、殴ったりすることは、一切ご法度《はっと》ということにする規則を作ることだ。

私は現世で、いろいろと卑小なことで悪いことをして来たという自覚はあるが、人を殴ったり叩いたり、腹を立てて器物を壊したりすることだけはしたことがない。昔そういう光景を見たことがあって、それがどうも賢い人のすることとは思われなかったからだ。しかし叩いた人は、それが有効だと思ったからしたのだろう、と思っている。

或る公立小学校の先生によれば、今でもすでに、児童が学校で顔のみならず、頭部に少しでも傷を負った場合は、それがけんかではなくて単なる過失であっても、教師は父兄に報告しなければならないのだという。つまり子供たちは腫れ物に触るようにして育てられるわけだ。昔はおでこを擦りむいたって、医務室の係の先生が、消毒液をつけてバンソウコウを貼るくらいのことをするだけだった。

子供に対してていねいにするのが現代の父兄の大方が望むことなら、その通りにするのがいい、と私は思う。それが民主主義というものなのだろう。しかしそれでは、生命力の強い子は育たないような気もするのだが、それは私の趣味で、他人の望むことには確信を持ったことがない性格なので、この際、暴力厳禁制度をとるのもいいことかもしれない。ぶん殴ったって、最初からその気のない人やもともと才能のない人たちは、それ以上にはあまりよくならないことが多いのだし、殴らなくったって、最初からものごとのわかっている人間も、別にそれによって変わらない。

私は幼い頃、母から肉体的にはめちゃくちゃに過保護な環境で育てられた。この世でついに会わなかった姉が三歳で死んだ後、六年目に生まれた一人っ子だったから、母は私を死なせたら、二度と子供を授かる機会はないだろう、と思ったらしく、周囲が呆れるほどの防備的な姿勢で育てたらしい。戦前の日本には、抗生物質がなかったから、子供は、疫痢、赤痢、大腸カタル、肺炎、などで、よく死んだ。たいていの家庭が死んだ子の思い出を持っている。現代でも、一時期アフリカの一部の国では、幼児は四人に一人くらいの割で死ぬ運命にあったから、その覚悟で家族の労働力を確保するために、子供を余計に生んでおくのだ、という人もいるくらいである。

私の置かれた環境は、むしろ病的な衛生観念の中にあった。生ものはだめ。ピクニックに行くと、母はリンゴの外側と手を、アルコール綿で拭いてから皮を剝いた。皆が食べている駄菓子もバナナもかき氷も、私は食べさせてもらったことがなかった。バナナがどうして疫痢の原因と思われたのか、今となっては理解に苦しむが、あれはお腹を壊す元だという常識が世間にあったのだ。

小学校四年生の時、大東亜戦争が始まった。次第にものがなくなり、生活環境は日々悪くなって行った。それをいいことに、私はどうも自分の育てられている日常は異常だと感じるようになった。人間は猿ではないのだが、大地の上で、少しくらい土に汚れた手でものを食べても生きるようになっているはずだ、という感じがしたのである。免疫などという言葉は知らなかったが、私は戦争中、女工として工場の生活も体験し、むしろ生き生きと自由な暮らしを覚え、次第に丈夫にもなって行った。

十代後半からの私の健康は、ほんとうに恵まれたものだった。視力障害と、足の骨折以外は、入院というものをしたことがない。内臓の病気もなかった。私は途上国に度々行ったが、そうした土地に対応する体力だか知恵だかも、次第に身につけた。私は徐々に自分を不潔に馴らすようにさえした。食事の前に手を洗うなどということは、かなり頻繁にやめにしたのである。ただ、普段はかなり大食だと思うのだが、途上国では食事の量を減らし加減にした。経口的に体に入る菌の量が減れば、病気を発症しない、という原理に従ったのである。

しかし過労はすべての病気の元だと思っているから、途上国では早寝早起きの、修道院のような禁欲的な暮らしをした。お酒を飲んで、夜遅くまで起きている同行者と比べたら、多分私は免疫が落ちないように自己管理をしていたのである。そのおかげか、何十度アフリカの奥地に入っても、私は肝臓を守るために予防薬を飲まずにいたにもかかわらず、一度もマラリアに罹《かか》らなかった。私は免疫を保つ暮らし方がうまくいっていたのか、それともまだほんとうにはアフリカと対決していないか、どちらかであった。

マラリア蚊との闘い

マラリアについては、忘れられない名場面が、レドモンド・オハンロンの名著『コンゴ・ジャーニー』に出て来る。オハンロンは一九四七年生まれの、イギリスの有名な旅行作家だが、アメリカ人で動物行動学の専門家ラリー・シャファーと、一九八九年頃、コンゴ共和国の奥地を旅した。もう一人、マルセランといういささかうさん臭いところのある、コンゴの動植物保護省の役人が、彼らの案内人でもあった。

まだ川船が出港する前から、オハンロンは、自分の体に異変を感じる。

アになった』

「体中の力が抜け、目まいがした。『マルセラン』と私は打ち明けた。『実は昨日マラリアになった』

マルセランはなんの関心も示さなかった。ガスストーブをコメ袋の奥深くに隠す作業に熱中しながら、『それがどうした』と言った。『ここはアフリカだ。上流に行けば、またなる。二人ともなる。みんなマラリアになる』」

私はまだマラリアに罹っていない。それだけアフリカと対決していない、とここでも私は感じるのである。むしろ私の生半可な知識が、私の言動に出ることもあった。私はアフリカで長年仕事をし続けている友達が、日本でマラリアに罹ったと聞いて、同情をこめたつもりで見舞いの言葉の代わりに言ったのだ。

「よかったですね。これで、今まで持っていた悪い病原菌が死んだわ。できかけのガンだって治ったかもしれない」

今マラリアの話をするつもりはなかった。私は苛めについて書き始めていたのである。しかしなぜか、苛めに遭うことと、マラリアに罹ることとの間には、どこかに相通じる要素があると感じ始めていたのだ。

大局的に見て、マラリアに罹らないためには、マラリア蚊を駆除することが大切だ。地球上の厖大な面積の汚染地区から、マラリア蚊を一掃することは、昔からあらゆる人道的医師や団体の夢見たことであった。しかしマラリア蚊が主人公の土地に行けば、そんなことは夢のまた夢ということがわかる。そうした地帯には、電気がない。道がない。下水も上水も区別がないような泥だらけの土地が多い。

昔アマゾンの入り口で、マラリアとの闘いの方法を語ってくれた人がいた。アマゾン河を上流から川船で下って来ると、執拗な熱帯雨林の中に突如として夢のような人工的な一種の町が見えて来る。それが「ベトレヘムスチール」というアメリカ系の会社だというのである。

そこで働く職員たちは、マラリアを初めとする病気から身を守るために、まず熱帯雨林を駆逐する。森林を広範囲に亘《わた》って伐採し、湿地でない居住地を人工的に造成し、自家発電を装備し、初めてそこに自然を排除した文化に守られた町を作る。うろ覚えなのだが、マラリア蚊は、風の中を百メートル以上は飛べないのだそうで、差し当たり百メートル四方以上の風のよく通る空間を作らねばならない。

アフリカでは、マラリア蚊との闘いは今もまだ現実の問題として続いている。近く私が訪ねようとしている南スーダンで働いているカトリックのシスターたちは、私たちのスーダン訪問の時期は雨季に入る頃と思われ、マラリアが猖獗《しょうけつ》を極める季節の到来だと警告してくれた。仕方がない。マラリアがあるからと言って、少なくとも私は仕事の計画を延ばしたことはない。抗マラリア薬は私にとっては吐くほど体に合わない薬だが、今回だけは、短期間の訪問なのだからそれを飲むか、と考えている。それとマラリア蚊は日中は出ない。夕方から夜だけ、外へ出ないようにすれば、かなり防げるのである。

しかし何よりマラリアに罹らなくて済むのは、栄養をも含めた個人の免疫力だと思うのである。だから無理や過労はいけない。深酒も寝不足もいけない。かくして再び人は、修道院風の生活をするより他はない、という結論に達する。

マラリア蚊の撲滅のために、理論としては行政が地球的規模で動くべきなのである。WHO（世界保健機関）とかUNICEF（国連児童基金）とか、それを可能にするだけの名目上の規模を持った組織がある。そしてまた民間の団体や善意の企業の中には、蚊が湧かないような下水の整備とか、殺虫剤を染み込ませた蚊帳《かや》の発明並びに普及とか、さまざまな工夫を凝らした企画と方法で、感染を防ごうとしている人々がいる。それらの組織のどれもが大切なものだが決定的な力を持つとは言えない。

私にマラリアに対する警告をしてくれた日本人のシスターはもう足かけ二年南スーダンで暮らしているが、まだマラリアに罹らない、と言う。「それは日本にいたことでついている体力と免疫の蓄積があるからではないかと思います」と彼女は書いて来ている。

人間の手の及ばない心の貧しさ

苛めというものは、マラリア蚊と同じように、人間の手の及ばない貧しさから発生している。つまり心の貧しさである。

東南アジアでもアフリカでも、十九世紀、二十世紀に白人がやって来て、都市を発展させた時、経済的・知識的エリートが住んだのは、まず高地であった。と言っても、高原というほどはっきりした高地ではない場合もある。ほんの十メートルほどの丘でもあれば、そこには水溜まりができにくく、土地が乾いているから、つまり蚊が湧く可能性が低いのである。

まず高台に高級住宅地ができたのは、景観や趣味の問題ではないのだ、ということを私は東南アジアで知った。生き延びるためには、彼らは高台で蚊の湧きにくい乾いた丘に住む必要があったし、密生した原生林の中では、風速何メートル以上かはっきりしないが、とにかく蚊が飛べない程度の風通しのいい空間を人為的に作るために熱帯の森を切り開く必要があった。趣味のためではなく、端的に、そうしなければ生き延びられなかったのである。森を切るのは、地球温暖化によくない、などという思想もなかった時代だが、人間はまず自分が生きなければ、温暖化防止も考えられないだろう。

蚊の発生とよく似た状態は、地球上のどこでも、人間の心理にも現れる。たとえば苛めは政治的制度で止められるものではない。苛めはいつの時代のどんな状況でも発生する。それが私の前提だ。学校を出て会社に入っても、外国に住んでも、町に家を作っても、田舎の農家に嫁に行っても、引退して旅行会に入っても、必ず苛めと思われる事情は発生する。その人が強い立場にいても、弱い立場の人からさえ苛められることはあるのである。それにどう対処していくかが、ほんとうの苛め対策だ。

キリスト教の思想の中には「原罪」という観念がある。すべての人は、人祖から負った罪があり、自分で犯した罪がなくても、生まれながらにして罪の要素を背負っているという考え方である。

私は子供の時から屁理屈をこねるのが好きだったから、自分で犯したのでもない罪などというものを、引き受けることはまっぴらだと考えていた。しかし中年になって、或る時、一人の婦人が言うことを聞いて、ふと原罪の姿が見えたように思ったのである。

その女性は、極く普通の結婚をした。夫になった人は、女手一つで育てられた。つまり姑にとって彼女の夫は、たった一人の「かわいい、かわいい息子」だったのである。だが、それくらいの事情は世間にいくらでもあるだろう。しかしその姑は、嫁を激しく憎んだ。何もしなくても、ことあるごとに辛く当たった。

「私は一体、お姑さまに、どんな悪いことをいたしましたか？」

とその嫁は或る日、開き直って姑に聞いた。すると姑は答えた。

「何もしなくったって、ただあんたがいるというだけで、私は不愉快なんだよ」

その答えほど、原罪というものを説明しているものはなかった。

苛めも、同じようなものだ。原罪のようについて廻り、マラリア蚊のように決してなくならない。だから政府や、教育委員会や、学校が守ってくれる運動と同時に、今差し当たりの身の安全を保つために、自らそれを防ぐ方法、つまり心身の強さを身につけなければならない。

金持ちは貧乏人を押し退けて高台に住む手もある。しかしそうした土地でさえ、一匹の蚊にも出会わないで済むということは考えられない。NGOは殺虫効果つきの蚊帳を配る運動もしてくれるだろう。しかし蚊帳というものは、寝床の下の土間が平で、そこに雑物がない時にだけ初めてその効果を発揮する。貧しい人の家は壊れた家具や器具が床に散らかり、剝いた果物の皮や脱ぎ捨てた衣服までごみのように溢れているのが普通だから、恐らくそのでこぼこの裾から蚊は入り込むだろう。

皮肉なことに、そうした土地には、「鎌《かま》状赤血球」という遺伝性のヘモグロビン異常を持つ人たちがいて、そういう人たちは感染しても原虫が育たないので発症しないのだ、と聞いた時、私はそれこそ救いだと思いかけたものだった。しかしそういう人たちは、結局は貧血で健康を害して、また長生きしないというのである。

マラリアと同じように、現世にはほぼ解決できないと思われる負の状況が必ずある。

病気、死別、歪んだ性欲、などがそれに当たるだろうか。そして苛めという密かな快楽もまたその範疇に入れねばならないだろう。私たちは、生きている限り、誰かによって、どこかで、様々な表現で苛められるのである。

行政は、その機能上そうしたものの存在を撲滅できることを目指して行動するほかはない。しかし現実には何という甘い判断なのかと私は驚くのである。

だから、マラリアに対してはめいめいが持つ免疫によって発症しないように用心するのと同様に、苛めに対しても、自ら対抗する精神の強さを持つ以外にほんとうの解決策はないだろうと思う。

第九話　人生に対する責任者は自分でしかない

苛めの種はどこにもある

ここのところ、すなわち二〇一三年ころ、苛めを苦に自殺する子が増えた、ということを、私は後年のために、記録しておくべきだろう。

何が苦痛だと言って、人間関係の軋轢《あつれき》くらい辛いものはない、と昔から人は言う。地球上には七十億人もの人間がいて、私たちがじかに接するのは、そのうちのせいぜいで数百人くらいだろう。中には人嫌い、人間恐怖症という人もいて、ボーイフレンド一人いないという投書を読んだこともあるから、そういう人は、言葉を交わすという程度の形で接触のある人だって十人以下ということもあるかもしれない。それでも人間関係の問題は起きる。

或る日タクシーに乗ったら、その運転手が言った。

「いろいろ仕事の上での文句はあるけど、タクシーっていうのは、一度会社を出てしまえば、もう同僚にも上役にも会わなくて済むからね。それがいいんですよ」

客として会う人とは、言葉を交わしても十分かせいぜいで一時間、おろしてしまえばそれで関係は終わり、というすがすがしさであるのだと言う。だからタクシーを続けているのだが、「最近の情勢では、タクシーの稼ぎだけでまともに食える人はいなくなったね」という話だった。

人間にとって、他者の存在というものは一体なんなのだろう、と私はいつも思う。たいていの人が、苛められた体験をしているが、それを語る人たちは、のうのうと生きていて、学校時代や就職して間もなく、ひどい目に遭ったことなどを、おもしろおかしく語っている。

先日もある「若い中年」編集者がうちに来て、私たちの共通の知人に触れ、

「あの人は、編集長時代に、僕たちに灰皿を投げたんですよ。ああいう編集長にだけはなりたくないと思いましたね」と嬉しそうに言う。

そうしたできごとを、ただの反面教師とあっさりと受け流すか、それとも、そういう

話だけは以後何度も何度も、意地悪く蒸し返し蒸し返しして喋り、昔のうっぷんを晴らす仕返しの種にし続けるか、どちらでもいいのだが、それも一種の「使い道」というものので、それなりの存在価値があるということだ。しかし私の知り合いの人たちは、誰もそんなことでは自殺しなかったからこそ、こうして陽性な茶飲み話の話題にできるのだが、当人が自殺してしまっては、他人がそれを知ることもできない。

一時、教育再生実行会議に出席していた頃、私の心の中でますます明瞭になって来たのは、苛めや教育に関して、行政は全責任を負うどころか、そのほんの一部しか関与できない、ということである。

第一、学校で苛めの種を取り除いても、その子が社会に出て行けば、もう学校は守ってやれない。そして苛めの種は、いつでもどこにでもあるのだから、行政ができる苛め撲滅の範囲は、機械的にしてかつ狭いものだ。しかしそれは私の極めて個人的な印象らしいので、私は他に十四人もいる委員の大多数の意見の邪魔をしようとは思わなかった。行政は、元々できるだけの範囲のことをする他はないのである。だから苛めを防ぐ責任は学校にある、と言うのも正当だし、もちろん学校には一部の責任は確かにある。

しかし私の中では、人間の生きる責任を行政に取らせようと思ったことはかつて一度もないし、またそれができるものでもないという感覚は強固に残っている。

世界には、常に紛争の続くアラブの町のように、極く普通の町や村のおじさん・おばさんたちが、マーケットに買い物に行くのさえ命がけの場合があるなどという状況の中で暮らしている地域が幾つかある。そのような政治的体制を許したのは、確かにその土地に住む人たち、一人一人の責任にあるとも言えるだろう。しかしアラブ諸国の現実は民主主義国家ではない族長支配国家だから、市民が我々の考えるような近代化を目指してあがいても、それが政治の根本までを変化させるには、長い長い時間がかかる。

しかし現在の日本では、たとえ自分の支持する政党と反対の人たちが政治を動かしていても、たいていの人が自分のしたいことをできる。人間社会のことだから、そこに制約がないことはないけれど、歯を食いしばり捨て身になってやれば、たいていのことはやれる。希望が叶《かな》えられるかどうかは別としても、希望する方向を試してみることはできる。

苛める相手から逃れる方法も、その中に入るということだ。金を持って来いと脅したりする相手は、これは明らかな犯罪行為だから、警察に訴えることだ。学校の先生が動いてくれなかったら、どうせ教師などというものは、その程度の無力なものと思い、一人で行動に移す他はない。それを手伝ってやるのが親の責任だ。

マスコミは最近、往々にして実に時流に乗った軽薄な人道主義的反応しか示さない場合が多いけれど、使い方もある。学校も警察も取り上げてくれなかったら、苛めを受けた生徒は、新聞社の前で白昼ハダカ踊りをすることだ。すると新聞記者が出て来て、何でハダカで踊っているのかと聞くだろう。何しろ自分の社の前で或る種の「異変」が起きているのだから、それはもっとも手近な所でニュースソースになる。少なくとも三面記事のネタになりそうなものなら、調べて書こうと思うのである。ハダカ少年の話を聞いて、子供にとっては重大な事態が起きているのに、学校も警察も動いていないという事実がわかったら、これは新聞社にとって格好の時事問題だから、独占記事として調査に乗り出すだろう。

要は世間の注目の種を利用して、当人が闘うことである。

この世の原型は苦の世界

昔から私はさんざん書いて来たことなのだが、最近興味を失って、書かなくなってしまったことがあるのを、この苛め問題から再び思い出した。それは一体教育というものは、誰に責任があるのだろう、誰がその子を教育するのか、ということだ。

幼い子供の教育の責任は、普通両親にある。親がいない子供だったら、育てている組織の責任者がその義務を負うだろう。

子供は小学校に上がると、年と共に次第に自我ができて来るものだ。それがはっきりするのが、多くの場合小学校五年生くらいの時のように私は感じている。もちろん人によって時期に差があることは言うまでもない。しかし小学校五年生ころになると、今までの優等生で精彩がなくなる子もいれば、反対にめきめき個性においても成績においても頭角を現して来る子がいる。私はそのあたりに線を引いて考えることにしたい。

つまりその年頃から、子供たちの教育の責任を負うのは誰なのかということを、パイグラフで考えてみたい。するとパイの半分の責任を持つのは、子供当人だと私は考えている。

　小説家としての私は、すべて自分の体験でものを言っているから、それが客観的な真実だとは言わない。しかし私はその年頃から、自分が自分の生き方を大きく決めて来た。家庭内暴力を受けた時、どう対処するか。自殺の危機をどう切り抜けたか。それらをすべて決めたのは、戸惑いながらではあったが、私自身であった。

　もちろん私にそれができたのは、周りに助けてくれる人がいたのと、私自身、自分の置かれた立場がそれほど異常なものではないと自覚していたからだろう。世の中にはもっともっと不法で横暴で残酷で、暴力的状況というものがあり、私はまだそれほどの不幸には追い詰められていなかったからだろうと思う。社会的な言い方をすれば、今考えても、私は育った家庭環境がいびつだったという理由だけでぐれても当然だったようにも思うし、「だからあんたはやはり性格が悪いんだ」という人がいても、「この程度で済んで、上出来だったでしょ」と言い返してやれるような気もする。

　歪んだ家庭にもかかわらず、私はカトリックの世界に育ったおかげで、許しと感謝をすることを十分に教えられた。この世は苦の世界が原型で、「安心して生きられる」状況などないことも早くから納得したし、人間の果たすべき仕事の限界もむりなく知らされた。だから私は、突っ張ることなく、自分の置かれた立場を受け入れて、そこで生きることができたのだろうと思う。つまり私は、無理して生きなかったのだ。できるだけ生きた、というだけのことだ。

さて誰が教育をするかという問題に関して、責任の所在を示すパイの半分が自分だとすれば、残りはどうなるのだろう。残りの更に半分の責任を負うのが親なのである。そして四分の一残った部分の更に半分の責任が教師、残りの八分の一が、社会や友人ということになる。

責任の所在

教師は、限られた時間しか子供といっしょに暮らさない。正味六、七時間を子供たちと生活を共にしたところで、その時間は複数の生徒たちに割り振られる。しかも子供の中には赤の他人である先生には、それほど打ち解けて内心を語らない子もいるだろうし、先生も子供の顔つきから、今日の体調の善し悪しなど推測することはおそらくできない。

夏休みともなれば、かなり長い期間、先生と子供は別の生活をする。

子供と誰よりもいっしょに長く暮らすのは、普通の場合親なのである。食欲に変りはないか。着替えをするのにだるそうかどうか。今までと違って夜中に大きないびきをかくことがあるかどうか。びっこを引いたり、体を痛がるような行動を見せることがあるか。心ここにないというような態度を見せる瞬間があるか。秘密の日記を書いているらしい気配があるか。小遣いの減り方がひどいかどうか。時ならぬ時間に呼び出す友達がいるかどうか。

そうしたことを、ほとんど動物的な勘で気づくのは、まず親なのである。決して教師ではない。それなのに、子供に事故が起きると、親は学校の責任を問う。学校は納得していなくても一応謝る。奇妙な責任のなすりつけ方と逃れ方である。

友達や近所の人にも、いささかの責任はある。知人の顔見知りの子が、親の眼の届かないところで、奇妙な行動をとったり、何となく憂鬱そうな顔をしていれば、どこか体が悪いんじゃないか、何かのっぴきならない悪い人間関係に巻き込まれたのではないか、と心配して当然なのだ。それをまた親に警告してみるのも悪いことではない。しかしこんなことをすれば、たいていの親が怒るのが最近の風潮だ。他人の家庭内のことに、余計な首を突っ込まないでください、というわけだ。

今では何でもプライバシー優先だ。プライバシーを守らねばならない、という前提がある限り、子供を苛めからほんとうに守れるわけはない。

自明の理を教えない教育

しかし何より自分に対して大きな責任を有するのは、自分である。それを子供の心にたたき込むことを学校はしていないだろう。また何より子供のことを理解しているべきなのは、親なのですよ、と改めて言う機会はあるのだろうか。

私は小学校の低学年生に対してまで、そういうことを要求するのではない。小さい子供には、全責任の半分、乃至はそれ以上は親が持っている。残りが教師や近所の人だ。しかし高学年生にもなれば、十分に自我はできている。親

小さい子供の場合の責任の所在

にも言えない世界も持っていて普通だ。悲しみも恥も、自分一人の心に閉じ込めようとする、羞恥心だか自制心のようなものも芽生えている。

苛めに遭って、自殺するほど完全な敗北はない、とはっきり言ってやるべきだ。死者をいたわるあまりか、その一言はどこからも聞こえて来ない。苛めはたかが同級生か、同じ年頃の連中がやることだ。地球がひっくり返るほどの重大事ではない。何とかしてやり過ごそう。それができないなら、学校にでも親にでも、警察にでも新聞社にでもぶちまけて、闘いを始めればいい。それくらいの知恵は、小学校の高学年生にもなれば、ついているものだ。

苛めに対してだけではない。その後の長い人生において、自分の自我を形成していく責任者は自分なのである。親であっても、個としては他人である子供の、そこまでは面倒を見切れない。その時は見切れても、親は先に死ぬのだから、やはり自分に対して責任を負うのは自分しかないのである。自分を生かし、教育し、それなりの人生を終えさせる責任者は、やはり自分なのである。

最近の教育は、どうしてこういう自明の理だと私には思われるものに対して、はっきりと言わないのだろう。生徒の死には、当人も親も学校も、程度に応じて責任はある。ただ最も責任があるのは当人で、次が親である。学校も責任の一部を有する。しかし責任のすべてが学校にあると謝って見せるのは偽りであり、社会に阿《おもね》っていることだ。

最近の一連の動きで、今後、指導だか教育だかの手段として暴力が加わった場合には、すべて生徒を殴った先生にその責任があるというように判定されるのだろう。それはそれで、一応の制度としては致し方ないものだと思う。しかし実はそうした安易な決定によって、学校は再び教育力の一部を失った。私は暴力を許せというのではない。しかし昔「愛の鞭《むち》」と言われたものを完全に封じこめたことによって、実に複雑で多岐にわたる教育の方法の一部を完全に放棄したのもほんとうだ。

もちろん愛の鞭を可能にするほどの人格者はなかなかいないだろうし、私は自分の体験からみて、暴力的な行為を受けると、反射的にすくんで動けなくなるトラウマがまだ残っている。だからどれだけ手間がかかろうと、口で言って聞かせる教育が好きだ。しかし教育はほとんど手段を選ばない。人の個性によって、豊かさが人を育てる場合もあり、貧しさが人を鍛えることもある。信頼が子供の個性を伸ばすことがほとんどだが、自分を信じてもらえなかったという恨みが、その子を一生駆り立てて、或る人生の完成に導くこともある。

しかし苛めによる自殺事件が起きても、最近では、その責任を一番大きく有する者は当人、次に親でしょう、とは言わない。死んだ子に対してはもはや教育は不可能なのだし、子供を失った親にそれ以上の苦しみを味わわせるのは気の毒だという配慮からだろう。

教育の世界にも、無難を愛し、世間の非難を恐れ、それどころか、一種の人気取り政策によって弱者だけを守ればいいとする短絡した思想が出て来たのは、再び教育を大きく誤らせる出発点になると思われる。

第十話　人は言葉でなく行動によって判断される

人を見る眼

「人を見る眼」という言葉は、あまり感じのいいものではない。それは一つの動物的能力としては評価されるのだろうが、どこかで得をしたい気分、金儲けの手段と繋がっているような連想もあるからだ。

しかし人を見る眼は本来あった方がいい。もし相手を見極められたら、現世で人を見るという機能ほど楽しいものはないから、貴重な快楽の分野が広がり深まるはずである。しかしその背後には、他人は一人の人を、「絶対にその本質までわかることはない」という謙虚な視点を失わないでいることも義務である。

深い意味ではないが、浅薄な範囲で、私には人を見る眼があると思うことはある。

私は長い間、取材のために様々な現場に入った。当然、初めての時は、そこで会うあらゆる人と初対面の挨拶をする。十数枚の名刺を交換することもある。生まれつきの強度近視だった私は、人の顔を記憶する才能が人並はずれて無いので、非常に緊張している。

しかし会話から相手の性格を「観《み》る」ことは、私のもっとも得意とするところだ。視力が弱かった長い年月の間に、私は人の顔を覚える能力は全く開発されなかったが、耳と鼻がよくなった。個人を声で記憶して来た。鼻はイヌ並みに利くようになって、友達のうちに着くや否や、「今日のお味噌汁の実はサトイモね」などと言ってあきれられたこともある。今はその双方とも、かなり衰えて、人並かそれ以下になったけれど……。

会話だけではない、ちょっとした相手の配慮、素人の私に対する説明の仕方、などで、私は自動的に相手を判断するようになっていた。そして相手に無礼をしでかさない範囲で、私はこの十数人の中で、どの人に近づいたら、今後の取材が穏やかに行くかを、実に素早く計算していたのである。こういう嫌らしい感覚を私は恥じてもいるが、時には便利だと思うこともあった。無用な人間関係を避けられるし、私のことを不愉快に思っている人には近づかなくても済んだからである。

あるがままに見る、ということは、視力と普通の知能さえあればできる、と私たちは思う。或いは少々むずかしいことでも、ていねいに相手の説明を聞けば、理解できるはずだと思う。しかし最近の日本ではしばしばその機能さえなくなっている。

その一例が最近の東日本大震災の後の、放射性物質に対する被害の解釈である。

もちろん私には、汚染の状況が、安全だとか危険だとかいう資格はない。私は全くの素人だし、その上理科系の知識に弱い。

しかし震災後一時、「福島の放射線量は、ほとんどの地域で別に健康に被害はありませんよ。今すぐ自宅に帰って、今まで通り生活されたらいいですよ」という学者の多くは、マスコミから締め出された。数人の「腹を括った人たち」が発言を続けているが、中には全く沈黙してしまった人もいる。そういう人たちは、初期の頃、自分の信念を口にしたばかりに、「東電から金をもらっているんだろう」とか、「特定の政治家と繋がりがあるから、そういう論理になるんだろう」とか、全くないことも言われ、痛くもない腹を探られて、現代の日本社会に、愛想尽かしをしたからだと私は思っている。何も言わなくなったのは、彼らが、自分の学問的信条を捨てたからではないことは、私は知っている。

原子力発電のメカニズムにも、その経済的効果にも詳しくない私は、「できれば原発反対」だが、日本の現在の社会で経済の均衡が崩れ、電力の不足をきたせば、民主主義体制自体も素早く崩壊するだろう、ということを、アフリカの現実を見て知っているから、「できるだけ早く、他の方法ができれば」原発反対なのである。即刻原発廃止という、非現実的選択は取らないというだけのことだ。

私のような考えの人たちもかなりいると思うのだが、今の社会の理解は「反原発」か「原発賛成」かのどちらかで、決して細かい現実を受け止めてはいない。社会は、理念だけで動くものではない。そこには、経済の論理も必要だが、経済だけでまた、事業の理念が継続的に動くわけでもない。

そこで様々な人が、個々の自分の立場に立ち、つまり自分の責任においてものごとを判断する。後刻、間違っていたら自ら訂正する、という作業を続ける他はないことになる。

理想論で現実を見る人々

しかし最近の日本人は、現実を見る、ということが実に不得手になった。理想論で現実を割り切ろうとする。

たとえばアフリカでは「貧しければ、医者にかかれませんからね。死ぬ他はないんです」という言葉をよく耳にする。そのことがいいわけではない。しかし日本人の中で、途上国を知らない、若い人は、この言葉を聞いただけで怒る。

「どうして誰も助けてやらないんです」

「助けたくてもお金がないからです」

「国家が助ければいいじゃありませんか。それが国家の義務でしょう」

日本においては、この論理は可能だ。しかし、アフリカではそうではない。国家にそんな金はないのだ。

「日本と違って、国家にお金がないんです」

「親戚とか村の人とかは、何をしてるんです。見殺しにしてるんですか」

私は一体、何と答えればいいのだろうか。誰も親しい者が無為に死んで平気ではない。しかし彼らの生きる社会には、どこにも金がないのである。親戚の誰もが揃いも揃って貧乏なのだ。

「とにかく、そういう人には国家が何とかすべきです」

と言い放った若者もいた。

「その国家が出しそうにない場合、あなたが出しておやりになりますか?」

と一度だけ私は反論したことがある。するとその青年は憤然として答えた。

「僕が、その人に出してやる理由はありません。それはあくまでその国の責任です」

多分その人は、それでいい気分になったのだろう。一種の「正論」にはちがいない発言をして、それ以上は何もしなかったのだから、自分で矛盾をさらけ出したわけでもない。この問答を聞いている「世間」の人たちが周囲にいたら、彼らは私の提言こそ正義に悖《もと》る考え方だというだろう。

人は言動のうち、どう動いたかによって多くの場合判断される、と私は思っている。少なくとも私の信じる神は、現実にその人が何をしたか、何を他人に差し出したかでその人を判断するはずである。聖書にはその手の話が何度も出てくる。神は言葉によっては人を判断しない。

最近は、ことに人道的な発言はするし、デモや集会には行くけれど、お金は出さない人がいる。私は人助けの第一の基本は、お金を出すことだと思っている。それも「被災者を助けるという名目のイベント、映画会、音楽会などの切符を買う」以上の、何の見返りもないお金を、それもややまとまって出すことだと思っている。お金も出さない救援は、自己満足だ。もちろん、お金は出さないが心からの同情から出た行為は大きな慰めを与えるものだ。病気になった人が病院に行くのに付き添う、車を出して上げる、赤ん坊や年寄りを預かる、止むなく転居しなければならない時に引っ越しを手伝う、簡単なご飯を作っていっしょに食べる、掃除や洗濯をして上げる、などということがそれに該当する。

私は被災者の心を励ますための音楽会とか、朗読会とかいうものをほとんど評価しない。私は自分の文学が、不幸の只中にいる人の心を救うと思ったことがない。ほんとうの困難、混乱の中に置かれた人は、心理的にそんな余裕などないことを戦争の時に知ったからである。そういう場合、人は今この瞬間瞬間に息をして生きているだけでやっとなのだ。

現在の日本人が、世界中に存在する厳しい現実を正視しなくなったことは、驚くほどである。

まず、貧しい、健康上の危険も多い土地へ行けない人がたくさんいる。凄まじい埃、厳しい暑さ、ハエのたかった食べ物、マラリアの危険、まともな風呂に入れないこと、ノミやダニに刺される可能性などがあれば、そうした土地には決して行かない青年・壮年は実に多い。従って彼らはそうした現実を見たこともない。しかしそういう人の中には、自分の弱さに焦《じ》れて、逆に怒りっぽくなり、ますます居丈高《いたけだか》に論理的抽象的人道主義を唱えるようになる人もけっこういる。

行って見ないから、想像がつかないのだろう、と私は思う。当然のことだ。私も、たいていのことは、行かないとほとんどわからない。だから私は、自分の凡庸さを受け入れて、何でもすぐ現場に行くことにして、長い年月を生きて来たのだ。体が丈夫で、神経が鈍感で、好き嫌いがなく粗食と不潔に耐えられてお酒が要らない、ということは、私にとって親から受けた何よりの贈り物だったのだ。

「ザイン」と「ゾレン」の混同

見れば誰にでもわかる、と私は信じ切っていたのだ。しかしそうでもなかった。

一つは世界の貧困を学ぶために、若い人たちを帯同して、主にアフリカに入っていた時だった。南アフリカは世界でも有数の地下資源の豊かな国で、大金持ちもいるが、ヨハネスバーグにもダーバンにも、貧しい人たちの「スクワッター・キャンプ」と呼ばれている広大な貧民地域が広がっている。畳二枚三枚くらいの面積の掘《ほ》っ建《た》て小屋が、見渡す限り続いている丘である。低いトタン板の屋根には、トタンが吹き飛ばされないように、それこそあらゆるものが載せられているのが壮観だった。古い破れたソファ、錆《さ》びた自転車、落ちた冷蔵庫の扉一枚、古タイヤ、など、それこそ想像を越えたあらゆるものが屋根の上に置かれて、スラムの住人が雨露にさらされるのを防いでいた。

そうした土地を旅した私たちグループの中に、霞が関の若い官僚がいた。その人はその光景を現実に眼の前に見ても、それは現実に貧民の住む地区ではなく、観光用に作られた一種のアミューズメント・パークだと思っていた、というのである。つまり貧困が娯楽や、教養になり得ると、まず考えるのだ。ダーバンは、インド人であるガンジーが、規則を知らずに白人地区を歩いていて官憲に咎められ、公民権運動の第一歩となる衝撃を記憶した町だが、そこで私が初めてスクワッター・キャンプの代表に頼んで、私たちのグループを現実に村の中を歩かせてもらったので、それでやっとその青年は現実を理解したというのである。つまりそれが観光施設ではなく、トイレも台所も風呂場もない貧しい人たちの居住区だということがわかったのだという。これが秀才校を出たキャリアーの現実である。

もう一例はインドであった。

四半世紀ほど前に、私は南インドのイエズス会の神父たちが、カースト制度の最下位にあるダーリットと呼ばれる不可触民の子供たちのための学校を作りたいと言って、当時私の働いていたNGOに予算を申請して来たので、その仕事にかかわっていた。学校がなければ、彼らは就学するチャンスがないのである。

私がまず神父に確かめたのは、それがほんとうに不可触民のためだけの学校であり続けるかということだった。日本ではイエズス会の作った学校がいい評判を取ると、そこにはあらゆる階層の人たちが子供たちを送るようになる。イエズス会が作るのは当然カトリックの信仰に基づいた学校なのだが、それでも、仏教関係者や他府県の有力者が息子を送って来る。そしてその学校はいつのまにか、東大を目指す秀才の集まる学校になり、貧しくて気立てのいい、しかし勉強は不得手という高校生の学校ではないような光景を見せる。

「そうなったら困ります」

と私は、インドまで行って神父に確かめたのである。すると神父は、インドの不可触民の小学校は、決して上級カーストの子供の学校にはならない、と保証したのである。

「どうしてですか？」と私が尋ねると神父は、インドでは、少しでも上級カーストに属する人たちは、決して自分より下級カーストの子供の行く学校には子供を行かせないものだと答えた。

それはけっこうなことなのだが、私の心に一抹の不快なものが残ったのは言うまでもない。人間の評価は生まれではなく、その人の生き方によってされるべきだからである。

その学校の計画が進んでいた頃、私は日本から被差別問題の専門家や、ぜひ行きたいと希望した小学校だか中学校だかの先生と同道したことがある。教頭先生だったような気がするが記憶は定かではない。

その旅行の間、インド人神父や私たちが語った会話には常にこの階級差別の問題が含まれていた。学校の経営だけでなく、小道一つ隔てて向こう側の村には上級カーストが住み、こちら側には不可触民が住んでいる場合、住民は決してその道を越えないのだ、という話なども私の胸にこたえた。両者は全く別世界に住んでいたのである。

私たちが不可触民の家に招かれると、どんな家でも小さな儀式があった。火皿かロウソクに火を灯したお盆の上にバナナ、キャンデー、香料などが盛られており、私たちはまずお盆の火を頭上で廻してもらって清められた後、儀式的に必ずそれらの食べ物をその場で口にするのである。それは、上級カーストが自分より下のカーストとは決して一緒に食べないという社会的契約を打ち破る意志を示す儀式だったのか、ほんとうの意味を私はまだ理解していない。インドのヒンドゥー教徒たちは、自分より下級カーストとは、同じテーブルで食事をしない、下級カーストの作った料理は食べない、という理由で、インドの調理人たちは原則的にすべて最上カーストのブラフマンなのである。

この日本人先生の、帰国後の報告書を読んだ時、私はほんとうに驚いたという他はない。その人は「インドには、差別もなく、子供たちの眼は輝いていた」という内容の報告書を書いたのである。

現地まで行って、濃厚過ぎる現実を見ても、それが全く見えない日本人が教育にたずさわっているのだ。それはどうしてかというと、多分日本人は戦後の長い日教組的教育の中でおきれいごとを主に習い、それを先入観念としてしか物事を考えられない習慣を定着させたのだろう。

「皆いい子」と彼らは学校で教わったのだろうが、実はそれは架空であった。「皆いい子」なら、何も学校へ行って学ぶこともない。むしろ「皆ちょっとずつ悪い子」だからこそ、その部分を矯《た》め直すためにも、私たちは学校に行くのである。

私はおもしろい現実にも気づいた。「日本は民主主義国家です」という場合、そこには二つの意味がこめられている。既に「日本が完全に隅々まで民主主義を行き渡らせています」という意味か、「日本は民主主義を目指しています」という意味かどちらかである。ドイツ語によると、前者はザイン、後者はゾレンという動詞であらわされる。前者は「いる」とか「ある」という意味を含み、後者は「しなければならない」「決意していきます」という未来不安定な要素を含んでいる。

日本人はまさにこの二つの言葉を混同したのである。そして「ザイン」の意図するあるがままの姿まで、「ゾレン」のあるべき姿と混同することが平気になった。だから「インドには差別はない」という信じられないような現地報告を、それも教育者が平気で書くようになったのである。

第十一話　黙して働く人々にこそドラマがある

三万キロ陸影を見ず

二〇一三年四月半ばの日本の新聞は、ほとんどの人が見落としてしまうだろうと思うような小さな記事を掲載した。解説つきのものもあるが、中には四百字に満たない量の報道もあったから、多分誰もが読み落としたことだろう。

詳しくても詳しくなくても、内容は、どれも同じだ。

関西電力が、高浜原発三号機用のウラン・プルトニウム混合酸化物（ＭＯＸ）を積んだ専用輸送船二隻を、フランスのシェルブール港から日本に向かわせた、という内容である。もちろん関西電力が実際にそれを手にするのは、輸送船が日本に到着した時である。東日本大震災後に国内向けＭＯＸ燃料が輸送されることになったのは初めてで、六月後半には日本に到着する。この船の動向は、保安のため、出港時期さえ明白にされておらず「支障がない範囲で今後、出発日や輸送ルート、日本到着時期などを公表する」とだけ書かれている。

計画を発表した段階で、関西電力の株価は急上昇したという。もちろんこのことに関する非難の意見も、インターネット上に掲載されたようだ。原発再開自体に反対の人もいれば、再開を是《ぜ》とした人も多数いたわけである。テレビなどで見る良心的世論の動きと経済的動向はこれほど食い違っている。人の心の表裏を示すデータの一つなのだろうか。私はもちろんこの手のニュースだけで関西電力の株を買って儲けようとする人の心理をいささか嫌悪しているが、この輸送については、一人の作家として過去に少し詳しく調べたことがあるので、バックグラウンドを知るという知的感動の再確認を味わったのである。

フランスからのMOXの輸送は、今回が二回目になるという。第一回目は一九九二年の秋から一九九三年の初めにかけてであった。輸送した「あかつき丸」はもともとはPNTLという放射性物質の輸送を専門とするイギリスの船会社に所属していた四千八百トンの英国籍の船であった。放射性物質に対する特殊な防御機能を備えた船である。

積み込まれているのは使用済み核燃料から抽出した燃え残りを集めて成形したものだが、このプルトニウムは大きなエネルギーを放出しやすい物質で、しかも水に浸《つ》かると猛烈な活性を示すものだという。これをフランスから日本まで運ぶのだから、それは一大輸送作戦であった。

何しろ途中であらゆる組織的妨害に出る人々があることが予想されるのだから、船自体にも防備がいるし、護衛の機能も必要とされたのである。「あかつき丸」自体が、万が一の衝突に備えて軍艦並の二重船殻《せんかく》である。乗っ取り犯が仮に船に突入しても、内部温度が四十度になると自然に警報装置が鳴りだすようになっているプルトニウムを入れた容器を、テロリストたちが物理的に運び出せないようにするために、デリックと呼ばれる荷役のためのクレーンもすっかり取り払われていた。特別に設置された中央制御室は、船橋から前後と両舷へと百八十度の旋回が効くようになっていたし、舷側のハンドレールのレベルにも赤外線センサーが設置されていた。当時はまだ一般的でなかった衛星運行システム、自動衝突予防装置、予備エンジン、温度センサー、気密センサー、沈没した場合に備えて音波発信機など、あらゆる「想定外」の事故に対する防備がされていた。

護衛に当たるのは、一九九二年の四月に石川島播磨重工造船所から海上保安庁に引き渡されたばかりの新造巡視船「しきしま」であった。この船は、当時機能をあまりあきらかにされていなかったが、速度は二十五ノット以上、航続能力三万七千キロ、ヨーロッパから日本まで無寄港で帰ってこられる、という船であった。この航続能力の長いことが、実は非常に重要な要素であったのだ。

なぜ無寄港かといえば、公然と危険物を搭載した船をどの国も領海に入ることを認めなかったからである。それは同時に、「あかつき丸」が途中で一切の給油を受けられないということであった。だから「あかつき丸」はいわゆる経済速度と言われる十四ノットを保って約三万キロの航海を続けねばならなかった。

取材の途中で私はこの点について、不謹慎な印象を述べたことを今でも思いだす。

「それでは、どうせゆっくりなんですから、途中で釣りをなさって、毎日新鮮なお刺身を食べながら航海をなさった、ということですか？」

私の取材に応じてくれた人は、笑いながら私の無知をたしなめた。

「ところが釣りをするには、少なくとも七ノット以下でないとだめでしょう」

おそらく今回の専用輸送船の航海でも、無寄港という困難な条件は変わらないだろうと思われる。船はスエズ運河も通れない。「あかつき丸」の場合はアフリカ大陸の西側を大きく迂回し、ケープタウンの沖合から、オーストラリア西岸のパースから三千三百キロ離れたフランス領アムステルダム島の南側二百マイルの大圏航路を取った後、オーストラリアとニュージーランドの中間で真北を目指して針路を〇度に変えたのである。

忌避される乗組員の思い

船にはたくさんの人員が乗っていた。当時通常の商船なら、乗組員の定員は二十六人である。しかしその時ばかりは、倍の五十二人が乗っていた。実際に「あかつき丸」を動かす乗組員たちの他に、荷主側から七人、海上保安庁から保安要員が十三人、もともとのイギリス船籍時代から、この船の操船を熟知しているイギリス人の乗組員たちが、万が一の場合に備えて六人乗り込んでいた。元船長、機関長、一等航海士、電気技師、ラジオ・オペレーター、チーフスチュワードの六人であった。

航海は予定していたように、来る日も来る日も海ばかりであった。走っても走ってもまだアフリカ沖であり、赤道を通過しても赤い線が見えるわけではなかった。彼らはほとんど真っ白な航海日誌のページに書き続ける。

「ノー・ニュース」(ニュースなし)

「ナッシング・パティキュラリー」(特に記すことなし)

「ノー・チェンジ」(変化なし)

船が右舷に二度だけ傾く癖も治らなかったが、バラストがちゃんと作動しているので問題はなかった。

実は予測していたように、彼らは「グリーンピース」の抗議船に数マイルの間隔を取ってぴったりと後を付けられていた。ストーカーという英語を、初めてイギリス人たちから教わった。「あかつき丸」は凪《なぎ》の日を見計らって、「グリーンピース」の船を振り切るためにエンジンの回転数をそれまでの百九十回転から百九十五回転にあげてみたが、それだけで毎日十五トンずつ油を余計に食うことになった。すると「グリーンピース」の船は、「しきしま」と「あかつき丸」が無謀にも百八十メートルまで接近した、と見てきたように報告する。しかしその時五マイルも後方にいる船に、そんなことが見えるはずはなかった。

「あかつき丸」の中の素朴な乗組員の若者が言う。

「あの『グリーンピース』の人たちって、どうやって食ってるんですか」

彼は十八歳から船員になってずっと親を養って来た青年だった。だから彼は「グリーンピース」の初任給と日当を知りたがったのであった。

「あかつき丸」は、タスマニア島の南側を通るまで、他船を見たら必ず十マイル離れるようにという命令を受けている。回避距離なのだが、それを知ってふと心が揺れる。人から離れて行けと言われるのは寂しい。

彼らがもっとも頻繁に働いたのは塵《ごみ》焼きの仕事である。焼却は月曜日と木曜日。すぐにその日がやって来る。

イギリス人の顧問団の中には、間もなく食堂に出てこなくなった人もいた。日本人の愛好する醤油や干物を焼く匂いもたまらないのだろう、と推測された。しかし船長と機関長だけは、毎食必ずテーブルについて、全員の顔を見ているように思える。二人は使命感で坐っているようであった。乗組員の顔を見ないと船は把握できない。船はまさに生き物なのである。

オーストラリアの南側を三日も走った後で、やっと「あかつき丸」は日本時間と並ぶ。つまりここからひたすら真北に行けば日本なのだ。当時、海上保安庁が通達した周辺各国の反応は次のようなものであった。

オーストラリア政府は、プルトニウム輸送に理解を示した。

ニュージーランドは輸送反対。公海上は問題なし。

北マリアナ諸島は中止を求めている。ソロモン諸島は重大な懸念を表明。

フィリピンは領海内の立ち入りを禁止。海軍のマリアノ・ドゥマンスカ提督は、「あかつき丸」が領海内に立ち入れば、哨戒艇によって「追い返す」と言っているという。

乗組員の誰もが、これほどに自分が忌避された記憶がない。子供時代の悪戯で怒鳴られた時は別として、本気で追い返すと言われるようなことをした覚えがない。

新聞も自分たちが平和に加担する立場であることを示すために、「あかつき丸」については徹底して悪く書き続ける。それならば、公海である津軽海峡を通るアメリカやロシアの原子力潜水艦が、そこで放射性廃棄物を垂れ流しにしているかもしれないとは考えない。

こういう状態が長く続くと、人間の考えが偏って来るだろう、と思う程度に、彼らはまともでありたい、と自省している。

「あかつき丸」はやがて、カロリン諸島を左舷に、マーシャル諸島を右舷に見る海域を北上した。どちらも肉眼では見えないほどのかなたである。まもなく、グアムからマリアナ諸島にさしかかる。

そのコースを選んだのにはわけがあった。この海域は火山地帯だから、いつ海底火山の噴火があるかしれない。だから「まともな」船乗りならこのコースを避けようとするのだ。いきおい行き交《か》い船も少ないので、「あかつき丸」は敢えてこの静かなコースを選んだ面があると言う人もいる。

もちろん火山は爆発しなかった。

それより人間に対する鈍い不快感が心中に澱《おり》のように沈んだ時もあった。

「グリーンピース」がオーストラリアでチャーターし、ロードハウ島から発進した双発のパイパー機は朝四時四十五分に船の上空に飛来し、小一時間上空を旋回して帰った。その飛行機に、NHK記者が乗り込んでいたということが明らかになった時であった。「あかつき丸」の位置を知らされてしまうこと自体は、大したことではなかった。NHKが自分でチャーターした機材から取材を行うなら、それはあくまで報道の自由の範囲である。しかし明らかにプルトニウム輸送に最初から反対する立場を取っている「グリーンピース」の飛行機に便乗してやって来るのが、国民から受信料を取り、それゆえに中立の立場を取らねばならないNHKのやることだろうか、と彼らは感じたのである。

乗組員の中のあるものは閉じ込められた小さな船体の中で運動不足に陥って肥り、ズボンのベルトの穴が二つ半大きくなった。三つというべきなのだが、見栄を張っていたのである。あるものは筋肉がなまったのを感じ、あるものは室内の作業ばかりで青白くなった。寸刻を惜しんで、派手な縞のタオルに黒いサングラスをかけて、それでも当直で働いている仲間の眼を遠慮して、例の塵焼き場の傍の空間で日光浴をするものもあった。彼の姿は確かにできそこないのギャングの下っぱのような風体にも見えたが、そんな時にも例のパイパーは飛来した。上空から執拗に撮影して帰るのである。もしその中の一枚の写真を記事にするとすれば、彼らはまちがいなく「『あかつき丸』は自堕落な船で、乗組員はオーシャン・クルーズでもしている気分で、真っ昼間からサンデッキで日光浴をしている」と書くだろう、と中の一人は思う。

しかし硫黄島の東約七百マイルの地点で読売新聞社のセスナ・サイテーションSと思われる小型機を見た時には、人々はその小型機の苦労を思う。小型機は、燃料の半分を消費するまでに、迷わずに「しきしま」と「あかつき丸」を発見しなければならないのだ。それを可能にしたところをみると、セスナはかなり正確に二隻の位置を把握していたと思われるのだが、そもそも硫黄島自体が、気象条件の安定した島ではなかった。行きには離陸できても、帰りには着陸できない荒々しい気候の変化もある。

一月四日〇時六分に、「あかつき丸」は祖国の岸辺から二百マイルに入ったが、多くの乗組員は何も知らずに眠りに着いたままだった。夜が明けてその午後、十三時三十分に第三管区のヘリが着いて、保安庁の指揮官二名が降り立った。その直後から「あかつき丸」は静かにバウ・スラスター（船首を横に動かすプロペラ）とアスターン（後退）のテストを繰り返した。共に接岸の準備である。いつのまにか「しきしま」の横には同じ巡視船の「やしま」が並んでいた。

翌朝午前四時を過ぎたばかりの頃、まだ暗闇の中で「あかつき丸」の人々は長い汽笛を聞いた。それまで何回か「あかつき丸」を庇って「グリーンピース」船との間に割り込むような航路を取ってきたときでも、徹底して無言だった「しきしま」が、「長一声」と呼ばれる長い汽笛を鳴らして「あかつき丸」に別れを告げたのであった。長一声は約六秒間続く。しかし人々はその十倍にも感じられるほどの長さで六秒間鳴り続ける「しきしま」の声を聞いた。そしてやがて「あかつき丸」も同じ「長一声」でそれに答えた。それで「しきしま」は離脱し、三万キロ、約六十日間の航海を共にした船と人々は、個人的な別れの言葉も交わさなかった。

事件の背景に立つ人々

今回の輸送は、英国籍の輸送専用船「パシフィック・ヘロン号」と「パシフィック・イーグレット号」の二隻が、相互に護衛する方式を取るという。「しきしま」は最新鋭の装備を持っていたがほとんどの場合使えない。

私はこの小説を書き終ってから、日本財団の会長としてインドのチェンナイで行われたアジア諸国の海上保安庁《コーストガード》の連絡会議に出席した。アジアの海を海賊から守るための連携を深める会議である。当時の日本財団の主務官庁は国交省だったから、日本財団は海上保安庁の仕事も手伝っていたのである。

チェンナイ会議のインド側の指揮官は、制服の頭にターバンを巻いたシーク教徒であった。そして港には、私がこの小説を書こうとした頃には、厳しい保安上の理由で決して中を見せてもらえなかった日本の海上保安庁の「しきしま」が停泊していた。

食事の時、ターバンの指揮官は私の隣席に坐りながら穏やかな口調で言った。

「日本はあんな立派な船と武器を持っているのに、あの主砲を全く使わないというのはむだなことですね。それならあの主砲の場所には最初から灰色に塗った木製のダミーを置いておけばいいんですよ」

私はその言葉を、日本の巡視船とその装備を、自国の船と比べた職業人の、一種の羨望の表現と思うことにした。

長い年月、私は取材という名目で、事件の只中にありながら、ハイライトを浴びず、静かに黙して働いて来た人たちと多くの接触をもつことを好んだ。私は人道や正義や道徳で小説を書いたことはない。私にとってあらゆるできごとと人は、すべて深い魅力の対象であったが、なぜか事件の背景に立って黙していた人ほど、大きなドラマを抱えていることを発見していたのである。

第十二話　人知れず世の中を支え続ける仕事とは

船上のしきたり

作家には誰にも不思議な道楽の部分があるはずだが、それがどのような偶然と性格的な理由でその人の心理に定着したか、分かっていない場合が多い。

私の場合もまさにそうであった。私は生まれて初めて行くようになった（つまり自分で選んだわけではなく渡航先に選ばれた）外国が、パキスタン、インド、タイ、シンガポールなどであったという理由で、それらの国を肌で好きになった。私はいつか南方に住んでみたいという夢を忘れられず、六十歳の直前になってシンガポールに古いマンションを買い、約二十年間、一年に何度か二週間くらいずつシンガポールで暮らすようになった。

私は子供の時から、今風に言うとＰＴＳＤ（心的外傷後ストレス障害）風の、窒息恐怖のフォビアがあったので、水を恐れてほとんど泳げないままに大きくなった。しかし海の見える場所は開放的だと感じた。だから私は海の見える土地に住み、決して水にも入らず、ヨットやモーターボートなどとはほとんど無縁で暮らした。

それにもかかわらず、それでも大きな船には興味を持ったのだから、人間の心理は身勝手なものだ。私は二十六歳の時に、遂に商船の勉強をすることになった。作家には、書くために知る必要があるという、いつでも使える便利な取材の口実があったが、調べているうちに次第にその世界の虜《とりこ》になることは実によく起きる結果であった。

『死者の海』という作品を書いたのは一九五八年、私が二十七歳の時である。その頃、知人の船会社に、徹底して商船に関する基本的な知識を教えてくれるのに実に適した人物がいた。彼は日本郵船に就職したと記憶するが、当直の時、船長以外は壁や手すりに寄り掛かることも許されないほど厳正な社風に馴染めず、辞職して私の知人の船会社に入った。辞める時、その人の話によると、郵船の上役は、引き出しからほとんど手づかみ同様に退職金を三百円くれた、という時代の話である。

その時、私は船を動かす人員の配置とその仕事、呼称などを覚えただけでなく、歴史的呼び名まで教え込まれた。当時既に「チーフ・オフィサー」という職名は一等航海士と訳されていたのだが、昔は一等運転士と言ったのだということまで覚えるように言われたのである。

私は船の隠語も覚えた。船の上では、「話をする」ことを「肩を振る」という。当時はたいていのゴミを今みたいに焼却したり、そのまま港へ持ち帰ったりするという常識はなくて、海に投棄するのが普通だったが、それは「レッゴーする」という言い方をしていた。英語で「レット・イット・ゴー」からきたものではないか、と思われる。上陸することは「ゴーショウ」、外出着のことは「ゴーショー着《ぎ》」と呼んでいた。当時でもすでにほとんどの船のエンジンはジーゼル・エンジンになっていたが、まだほんの僅か石炭を焚いて走るレシプロ・エンジンの古い船が残っていた。石炭をくべる「石炭夫」は「コロッパス」と呼ばれていた。

当時、どうやら生き残っていて使用に耐えていたのは、通称、戦標船と呼ばれる三千トンあまりの古い輸送船であった。船殻も脆弱だから「板子《いたご》一枚下は地獄」と言われていた。戦争が始まってしばらくするとそろそろこの手の粗悪なオンボロ船が作られたようである。それが終戦後十年以上経ってもまだ内航船として使われていたのだ。

私はその船にも頼み込んで乗せてもらった。その船の持主の船会社からは、「うちにはずっといい船もあるんですけど」としきりに言われたが、私は古い船は間もなく使われなくなることを感じていたから、敢えて古い船に乗せてもらうことにした。

この三千トンあまりしかない船で、私はいわば商船の基本を習った。速度は七ノットからせいぜいで十二ノットしか出ない。煙突から出る煙が、船の行く先に向かってたなびくので私は驚いた。当時、その船はまだ「何点鐘」と呼ばれる鐘を鳴らして時間を知らせていた。船が小さければ、鐘の音も船全体によく聞こえただろうし、高価な腕時計など持っていない船員も当時はいたはずである。

お風呂は海水を沸かした塩風呂で、上がり湯にだけ清水《せいすい》のお湯が出た。私がもらった便乗客用の部屋は、通信室の廊下を隔てた後ろで、四六時中聞こえて来るモールス信号の呼び出し音が煩《うるさ》くて少し眠りにくいほどであった。しかしその通信室にも、私の深い感動の種はあった。通信室の時計は、当時、どの船でも十五分から十八分、四十五分から四十八分の目盛りの間が赤く塗られていた。それは毎時その時間帯に船の通信が一斉に止まり、その束の間の静寂の間に、どこかから聞こえて来るかもしれない微弱な救難信号を聞くための処置であった。これが通称電波の沈黙時間であった。「弱者の声を聞く」というのはまさにこのことだったのである。

どれだけの船がこの古い習慣を守っていたか知れないが、軍艦とすれ違う時、商船は船尾の旗を少し下ろして、軍艦に敬意を払うというしきたりがあった時代もある。三千トンの小船ならできたことかもしれないが、それから四十六年も経ってから私が乗せてもらった十万トン級のＬＮＧ（液化天然ガス）輸送船になると、船の長さが三百メートルもあるから、軍艦に敬意を払うために船尾まで旗を下ろしに駆けだすなどということは、誰も想像できない。

船員の職能上の呼び方にも、私は日本的な独特の敬語と謙譲語の使い方があるのを知っておもしろかった。外国の船にも同じような使い方があるのかどうか知らない。一等航海士のことを、我々は「チーフ・オフィサーでいらっしゃいますね」と一種の敬語で呼ぶが、当の一等航海士が自分のことを言う時には「私がこの船のチーフ・メートであります」と言葉遣いを換える。これも謙譲語の一種であった。同じように船長のことを、外部の者が尊敬をもって呼びかける時には「〇〇丸のキャプテンでいらっしゃいますね」と英語を使うのが礼儀なのである。しかし船長自身が自分のことを言う時には「私が〇〇丸の船長の山田です」という風に日本語を使う。これはまことにおもしろい謙譲語の用法であった。

船は物語を紡ぐ場所

この時の勉強以後、私はかなり多くの船に乗った。一九六〇年代にアメリカの西海岸まで川崎汽船所有の「もんたな丸」という貨物船に便乗した。この船は当時のトップクラスの貨物船で、二十ノットは楽に速度を出すことができた。

私は客船にはあまり興味がなかったが、それでもプレジデントラインのクリーヴランド号と、クウィーン・エリザベス2号に乗った。

私はサマセット・モームの作品に惹かれていたので、クウィーン・エリザベス2号には彼の描いた世界が、まだ残っているのではないかと期待して乗ったようなものだった。乗船中、日本人のグループに何回か講演をする義務はあったが、私は毎日全く誰もいない広大な図書室の机を独り占めにして、そこで新聞の連載小説を書いていた。その他の時間には船内で企画されているたくさんの講義を聞いたが、一番役にたったのは「ユダヤ教入門」の時間だった。

私が驚いたのは、クウィーン・エリザベス2号には、いかに老人の客が多いかということだった。エレベーターのドアが普通に開いているうちにはとうてい乗り込めないような身体の不自由な高齢者が実に多かったのである。私と同じ食卓に着くように指定された中年の夫婦の、妻の方は実に弱々しく、食事をせずにすぐ部屋に閉じこもるような人だった。きっとこの人はもはや再起不能の末期癌患者で、夫はまだ少しでも妻が元気なうちに世界一周の旅に出たのだ、と私は信じ始めた。しかし船内の一室で行われる日曜日のミサに出た東洋人は私一人で、そこにその夫婦もいたのをきっかけに親密度も加わり、妻のいない食卓で夫から身の上話を聞くようになった。

末期の癌患者どころか、二人は、二人ずつの子供を持ち寄った再婚者同士で、しかもこの船旅はハネムーンであった。その上彼は、妻がパーキンソン病を患っていることを知りつつ結婚したのであった。船はやはり物語を紡《つむ》ぐ場であった。

しかし一度タンカーに乗りたいという私の思いは、なかなか叶えられなかった。

その第一の理由は私が女性だったからである。もちろん日本のタンカーは便乗者を特に選別したりはしない。しかし日本の油送船の多くはホルムズ海峡を入ってから、湾岸のどこで油を取るかを決める。その日の相場が大きくものを言うのだろう。その船がサウジの港で油を入れる可能性は非常に高かったのだが、もしそうなると、私はシャリーア法のもとに、船を下りてサウジに入ることができない。サウジでは、女性が夫や兄弟などの付き添いなしに入国することは許していないのである。そうなると私は、その船に乗ったまま日本まで戻らなければならなくなる。私にはそれだけの自由になる時間がなかったのが、唯一の理由であった。

一度、サウジには決して寄りませんというタンカーに乗せてもらえる話がついたこともある。私は期待に胸をふくらませたが、その船は、湾岸の給油地から日本に帰る航海の途中で売られてしまったのである。もちろん乗組員ごと売ったわけではないのだが、そういうこともあるのだと私は初めて知った。

私が初めてタンカーに乗れる機運に恵まれたのは二〇〇四年の八月である。カタールから、LNGを専門に運ぶ商船三井の輸送船であった。「ゴジラの卵」みたいに巨大な、直径三十七メートルの丸いタンク五個を載せている。一個が二万七千立方メートルの液化天然ガスを積む容量である。船の全長は約三百メートル。一番下の船倉から最上階の船橋まで十二階。カタール・プロジェクトに属する日本船籍のこうした船は当時十隻あると聞いていたが、二〇二一年まで毎年六百万トンのLNGを日本に運んで、電力五社とガス三社に供給するために、常にカタールと日本の間を走っていたのである。

私は中の一隻「アル・ビダ」号にシンガポールから乗り込んだ。出港するとすぐマラッカ・シンガポール海峡の、海賊の出没海域を通る。船は絶えず後方に向かって高圧で海水を放出し続け、数人が見張りに立つ。船はあらゆるドアを厳重に分厚い幅広の金属盤で施錠し、私たちが船内に入るには、特別な秘密の入り口しかないという厳重な防備である。私も当直に立ったが、外気はべとべとと暑いし、煙突からはわずかにせよ煤《すす》は降って来るし、辛い任務である。

船員は、士官のうち一人の機関士を除いては、全員が日本人だった。三等機関士の一人だけがフィリピン人だったのである。食事は従って日本食を出すサロンと、フィリピン料理を出す食堂とに分かれているだけで、双方にとってその方が都合がいいらしい。私がフィリピン食堂で食べさせてくださいと言うと喜んで招いてくれた。

時期がよかったのか、私はほとんど船酔いをしなかった。アラビア海に入ってもローリングは最大で十二、三度で済んだ。私は船酔いをしそうな時でも、寝たままで原稿を書けるように、三千ヘクトパスカルの高圧を入れたボールペンを用意していたので、新聞の連載小説に穴を開けることもなかった。

このタンカーが、途中どうしてもっと速く走らないのかと何度も私は思ったのである。ずっとオンボロに見える船でも「アル・ビダ」号をさっさと追い越して行く。それなのにこの新鋭の巨大タンカーは二十ノットすれすれしか出していないからである。

理由はすぐ説明された。この船がカタールのラスラファンという港に着くのは、何月何日の何時と厳重に決められているので、それをコンピューターが計算して走っているのである。それにその時までに、ＬＮＧを入れる庫内温度をマイナス百六十一・五度まで下げるように準備しなければならない。液化天然ガスは、爆発しやすい物質なのである。

シンガポールを出て十日目に、船は樹木一本生えていない灼熱のラスラファン港に着いた。すぐ赤の燕尾旗（危険物搭載中を示すB旗）を挙げて荷役の用意である。これから約二十四時間、液体のLNGをタンク内に入れるという最も危険な作業が続くので、船内はずっと警戒態勢にある。

ラスラファンで下船する前日、実は私は船長にお礼を言い、首都ドーハはどんなところですかなどと質問したのである。すると船長は何年もこの航路の任務につきながら、首都のドーハを見たことがないという。危険物搭載中に船の責任者が現場を空けることなど考えられない。LNGを積み終わると、すぐさま出港する。そうだろう。この莫大な量の燃料を積んだ巨大な船が、そのへんをうろうろされるのは、誰にとっても迷惑なことなのだ。

十五日かかって日本近海に近づくと、会社からの指令を受けてどこかの港に入る。妻が会いにくることはあるが、自宅に帰る時間はない。二十四時間かかってLNGを下ろすと、再びカタールに向かって出航する。この生活を十カ月続けると、休みがとれる。

動いていない発電機を磨く

東日本大震災の後、私は東京電力の川崎発電所を見た。昔は石炭を焚く火力発電所で、私が高瀬ダムの現場で会ったゼネコンの所長の一人は、「僕が大学を出た最初の現場がここでした。新婚時代にここに通ったものです」と言っていた。

何年か前、川崎のこの火力発電所を見た時、発電機は全く動いていなかった。ただ東電はいつでも首都圏に一番近い所で電気を確保できるように、動いていない発電所の機械を磨き続けていた。

「非常時に大切な電源です。首都圏に一番近い所にある発電所は、何があっても確保しなければなりませんから、その時のためです」

と責任者は言ったが、正直なところ、その時の私にはあまりぴんと来なかった。そこに勤める人たちは、暇な時間を利用してツツジの苗などを作っていた。

「ツツジの苗を売るといいですね」

と私が言うと、

「電力会社は電気以外のものを売ってはいけないことになっております」

ときまじめな答えが返ってきた。ツツジの苗は新しいダムサイトなどを修飾するのに使うためだ、と説明された。

その発電所は、震災後重大な任務を負うことになった。今回そこを見学した時、既に燃料はＬＮＧに切り換えられ、発電所自体も増設の途中だった。かつて石炭を揚げた埠頭には、石炭輸送船を係留した時代には必要だった巨大な鉄の杭が黙して残っており、はるかかなたにＬＮＧを貯蔵するタンクが見えた。そこからガス化された燃料が発電所に導かれているのである。

「あのＬＮＧはカタールからですか？」

と私が言うと、相手は少し驚いたような表情を見せた。

「よくご存じですね」

「私はカタールまでＬＮＧ船で行って、運ばれるルートを見せて頂いてきたんです。それ以来、燃料の運ばれて来る道を、いつも目に浮かべられるようになりました」

「羨しいですね。そこまで見られた人は、ほとんどいないんです」

私は理由なく心の中で恥じていた。それこそ作家の余得《よとく》というべきものだったからであった。

第十三話　仕事には時期と費用のバランスが要る

南スーダンの修道院で

二〇一一年七月に独立した南スーダンで、カトリックの修道女・下崎優子さんが足かけ二年ほど働いている、ということを去年聞いてから、私は一度現地にシスターを訪問して南スーダンの現状を聞きたいと思うようになった。一つの国の滅ぶ時も劇的だが、興る時にもそれなりの苦悩はあるだろう。

私的な事情を言えば、遠いアフリカの深奥の部分まで、安いとは言えない旅費を自分で払って毎年のように彼女たちに会いに行っていたのは、私は昔から心の底で、修道女たちの潔い人生の選択に対して深い畏敬の念を抱いていたからである。もっとも面と向かえば、私は決してそんなしおらしいことを口にはしなかった。私の役目はただ僻地に住む彼女たちに、お醤油一本、佃煮一箱くらいを運ぶ配達人になることであった。

その修道会は、今日までのところ日本人一人、日系のブラジル人一人、韓国人二人という編成で、南スーダンのジュバの郊外に拠点を構えている。手分けして土地の人たちの教育や医療行為のために働き、そのうち一人がいつも家に残って外へ出て働く人たちの暮しを支える、というよくある修道会のシステムである。

その修道院の一室に私も泊めて貰え、外部から黙想（一種のキリスト教的座禅）のために来る人たちの宿泊設備もごく最近できたから、私の同行者も泊まれるという。

一人の人が、外国、それも途上国を一つの拠点として長く暮らすということは、生半可な決意ではできないことだ。そこには、あらゆる人間関係が凝縮して露呈されるし、何より現在世界の中で、日本ほどすみずみまで生活の便利さが安定して確保されている国はないから、その安逸を捨てて、不便な暮しにも耐えることを意味する。

二〇一三年初夏ジュバに入ったのは私一人ではなかった。同行の知人たちは、それぞれに違った職業の分野から集まっていた。学者、新聞記者、カメラマン、などである。皆、旅費自弁で、ただ日本とは対極にあるアフリカを知り、多分それから日本人と自分を見つめるという作業を期待していたのだろう、と思う。

当時、日本にはまだ南スーダンの大使館はなかったから、私たちはシスターたちの修道院が発行した仮の身分保証書・招待状を元に、南スーダン政府内務省の出した仮入国許可証をジュバの空港で示して改めてヴィザをもらうという手順を取らねばならなかった。

おもしろいことに、ジュバの政府が出したたった一枚の簡単な公的書類さえ二個所の間違いがあった。第一は私の性別が男性となっていたことだし、第二は私たちの乗る飛行機はアラブ首長国連邦のドバイ経由だと知らせてあったのに、書面ではインドからだとなっていたことだった。私の秘書がすぐメールでシスター・下崎に間違いを問いただすと、「政府の窓口に書類を届けた神父がインド人だったから、そう思ったんでしょう」と見事な返事である。つまりこの程度の思考の飛躍こそ、アフリカを突きとめる才能なのである。

世界遺産も、見るべき文化設備もない。行くところがないでしょうと言われたジュバの町で私がもっとも感激したのは、ナイル河に出逢えたことであった。このあたりに流れているのは白ナイルで、河は北のスーダンのハルツームで青ナイルと合流する。ここから河口のエジプト領アレキサンドリアまで、四千五百キロ以上はあるというはるかな旅である。

私はカイロから河口のアレキサンドリアまで行ったことがある。私の旅の目的は、旧約聖書の中では珍しくギリシア語で書かれた『シラ書』を元に、往年のアレキサンドリアの繁栄を描くことであった。しかし南スーダンのジュバの河岸に立つと、眼前のナイル河の流れと河口が、実はどうしても私の思考の中で繋がらない。中間がぷつりと切れてしまう。そこが私の想像力の限界なのだな、と感じながら私は河を見つめていたのである。

驚いたことに、一応南スーダンの、首都であるジュバでナイルにかかるたった一本の橋は、非常に重要なものであるはずなのに、片側一車線ずつの、軍用の仮設のような素朴な構造だった。はるか昔にウガンダ軍が作ったもので、重量制限四十トン、時速二十五キロという、足元の板がカタカタ鳴って、今にも落ちそうな橋である。現在ＪＩＣＡ（国際協力機構）が新しい橋を企画中だというが、車でそこを通る度に、私は毎回席の近くの窓を、同乗者に気取られないように開けていた。運悪く私たちの車が落ちたら、せめて脱出して泳いでみようという気の小ささの表れである。私はいつも悪運ばかり予想して生きる癖があった。

左岸の近くには、タンク車に水を充たす取水場があった。ここから町中へタンク車が走り出しているので、洩れた水が巨大なナメクジの這った後のように地面を濡らしていた。ということは、この国では首都にさえ公共水道の設備が完全にはないということだ。

そのように立ち遅れたインフラの整備を進めるために、日本の自衛隊の施設部隊三百数十人が駐屯している。私はシスター・下崎から、自衛隊の人々がなにくれとなく彼女の働く修道院を助けてくれていることを聞いていた。そのことに対してお礼を言いたい気分は深く感じていた。しかし一方で、私が現地の自衛隊に近づきにくく思う気持ちもあったのは、私はこういう土地に自衛隊を送ること自体無意味だから反対だと、はっきり書いたことがあったからである。

決して自衛隊の能力をおとしめてそう言ったのではない。私は長い年月、土木の勉強をして来たから、現場で工事仕様書を見せてもらい、簡単な説明を受ければ、多分素人としてはかなり素早くその仕事の意味や困難さがわかると思う。道路の建設だと、必要な盛土のための土をどこから確保しなければならないか。かなりの量のコンクリートを打設するなら、そのための骨材《じゃり》をどこからどれだけ手当しなければならないか、というような根本的な苦労話はつきものだった。しかし私が感じたのは、今まで自力ではほとんどインフラの整備もされなかったアフリカの町のために、こんな精鋭部隊を高価な国費をかけて送る必要はないという原則だったのである。

私は都市整備そのものが将来共に必要ではないと思ったのではない。すべての仕事には、それを必要とする時期と、かけた費用に対する効果を計るバランス感覚がなければならない。自衛隊はジュバで、サッカー・グラウンドや洗車場の整備をした。病院や警察署の敷地造成もした。しかしいずれも高度の技術を要する工事ではないように見える。この程度の素朴な技術で済むことなら、日本が金を出して南スーダンの業者にやらせればいい。もしこの国には現在その程度の業者もいないというなら、隣接のケニヤかウガンダ、それでだめなら、どんなに遠くともペルシャ湾岸かインドの業者に発注して、日本政府からはコンサルタントだけ出せば、はるかに安く済むはずだ。

職責と現実の乖離

しかし私は結局、自衛隊の仕事を見学するために基地を訪問した。東北地方から派遣された第三次隊は、帰国を目前にしていた。つまり一仕事が無事に終りかけていたので、おめでたいことだが、工事の実態は見られなかった。私たちが見学したのは、ほとんど完成した一八〇〇メートルの「ナバリ地区コミュニティ道路整備」であった。工費は一応八千万円と言われているが、人件費は入っているかどうかも私は聞いていない。

その現場の道路に捨てられたおびただしいゴミに、私はまず驚かされた。道路沿いに住む人々は、工事とは無関係に、ゴミとはその辺に捨てるものと、昔から思い込んでいるのだろう。風が吹けばゴミは自然に路肩に集まる。まさにその部分に大きなU型側溝を設置したのだから、人々の中には、そここそが新しくゴミを捨てる場所だ、と勘違いした人もいただろう。

アフリカでしばしば見られるのは、貧しい大地をさらに覆うほどのビニールのゴミが散乱している光景である。この廃棄されたビニール袋の量のすさまじさを見ると、アフリカは決して貧しいのでないと思いそうになる。

道そのものは鋪装ではないが、削られてきれいになっている。しかしこの手の未鋪装道路ほど手入れを怠れば、おそらく数カ月の間に水みちと轍《わだち》の跡がつき、路面の凸凹《でこぼこ》は加速度的に厳しくなり、路面自体も次第に破壊されて行くだろう。道路はできても、その管理の保証は全くない。その土地の人々に補修《リペアー》の知識も技術も金も義務感もない、というのがアフリカの常識だ。ことに、この周辺地域の住民は自動車をもつような生活程度ではないから、誰もが道をよくする必要性をあまり感じない。その点を自衛隊ははっきりと説明されてこの工事に着工したのかどうか、私は尋ねる気力を失ったままであった。

元々アフリカの人々は、どこへでも無邪気にものを捨てていたのだ。これは一種の快感であり自然な解決方法だった。それらのゴミは自然を本質的に破壊することはなかった。食物を包んだ後のバナナの葉も、水の容器として使ったヒョウタンも、要らなくなった時にぽいと道端に捨てればすぐに自然に土に還った。

こうした関係が病的に変化したのは、日常生活にビニールやプラスチックという異物が流入した時からなのである。これらのものは、アフリカの自然の帰結の法則を狂わせ、土地の人々はそれを知らなかったのである。

コミュニティ道路とは言っても、村は道路と無関係という顔をしていた。道に面した村に住む子供たちがまるっきり自衛隊の仕事や行動に興味を示していない。シスターは自衛隊を庇《かば》うように、ここの人たちは歴史的に誇り高い性格を持った部族なので、親が子供のそうした物見高さを叱るような空気もある。だから自衛隊が一見村民と溶け込んでいないように見えるだけだ、と私に教えてくれた。

しかし私の印象は最後まで違った。子供たちは、アフリカの大地の隅々で、ハエのように私たち異人種に「たかる」性格を持っていた。決して悪い意味ではない。私たち外国人そのものが、電気もバス路線もない村では、外に向かって開かれた窓であり、その窓から飛び込んで来る情報そのものなのだ。外国人が追い払おうと、親たちが止めようと、子供たちの根強い好奇心は押さえ難い。どこからでも眺め、近寄り触りたがる。むしろそのエネルギーこそがアフリカの希望の芽なのである。

私はアフリカで何度も、村からできるだけ遠い地点に車を停めて、子供たちに見つからないように昼食を摂ろうとしたことだある。しかし十秒後には、どこからともなく涌いて来るように見える子供たちがこちらに向かって走り出すのだ。私たちという変な人間を眺め、食べ残しの缶詰がどんな味がするかを試し、私たちが首にぶら下げた奇妙なもの（懐中電灯だったりボールペンだったりするのだが）はどういう構造になっているか知りたがる。そのような情熱がここには全くない。

基地内の駐車場には、磨き上げられた重機が並んでいた。その異様なきれいさにまた私は動揺した。普通、毎日現場で働いている重機は、傷つき泥に塗れ、その汚れの凄まじさがこれらの機械の立ち向かった自然の厳しさを語ってくれるものだが、基地に並べられている重機は、見学者用の商品見本みたいだった。これらの重機は、日本の社会状況の中では人力削減のために必要だ。しかしここでは果たして有効だったのだろうか。機械の使用は最低に留めて、土地の人たちを人海戦術で雇えば、雇用の機会を創出し、土地の経済も少しは潤い、自衛隊に対する日常的な心の交流もあり得たのではないか。

雨季だったので、見学の直後に雨が降った。その時こそ私たちは側溝の効用を見られるはずだったが、現実は別の側面を見せつけた。

ジュバの町には、あちこちに大きな水溜まりができていた。日本人なら、靴やズボンが濡れるということは、経済的な損失に繋がる困った現象である。しかし昔は裸足、今でもゴム草履を履いただけの人も多い土地では、何の苦にもならない。足は濡れてもすぐ乾く。雨水の溜まりは数時間待てば引くのだから、排水設備など特に必要としないのだ。

意味の判らない改革だから、人々は感謝をしない。そして自衛隊が駐留したということだけを捉えて、政治的な一部の分子は必ずどこかで末永く言うのだ。

「俺たち自身だって、この程度のことはやればできたんだ。それなのに頼みもしない外国の兵隊が勝手に俺たちの土地に入りこんで、俺たちの先祖の神聖な土地をいじくったんだ」

いずれ時が、私の心の中のその手の疑念に答えてくれるだろう。私は素直にその声を聞き、間違いであればすぐ考えを改めるつもりだ。私が長い年月、アフリカという土地に乞うた教えは、それらの質問に答えを出してもらうことだったのだ。

それでも自衛隊員は手を抜かずに職務を果たした。私でも同じことを目指しただろう。

ただこのような乖離を知らずに、「ことを決めた」政治家の責任は重い。

廃材で作った木製ベンチ

私が泊めてもらった修道院の生活は、次のようなものである。やはり治安はよくないから、建物自体がロの字型をしている。建物に囲まれた中庭が、一種の太陽光エネルギーの採取場所である。イタリア人からの寄付だというパラボラアンテナ型の集光器が発電を助けている。浴室はもちろんシャワーだけでお湯も出ないから、シスターたちはペットボトル二十本近くに詰めた水を、朝から中庭の強烈な陽差しの中に放り出しておく。シャワールームのバケツに七分目ほど溜めた水に、その天然のお湯を混ぜれば、冷水だけの水浴でも体が震え上がるということはない。シスターたちの生活は一年中それだ。

私のもらった寝室は、蚊帳を張ったベッドのある清潔なものである。この南スーダンではマラリアが多いのだが、シスターたちはまだかかっていない。生活の基本的設備がいいのと、一応栄養のバランスのいい食事をしているから、免疫力があるのだろうとシスター・下崎は言う。冷房はないが、天井には扇風機まで廻っていた。ただこの扇風機は取り付け方が悪いので、器械全体がぐらぐら大きく揺れていて、私はそのうちに落下するだろうと踏んでいる。ただ落ちるのではなく、私の胴体を輪切りにしたら後が困るだろうから、私は眠る前に器械を停め（こうすれば節電にもなることだし）、あとは日本から持参の団扇《うちわ》であおぎながら眠るのだ。

シスター・下崎の同僚の韓国人の院長さまともう一人の韓国人のシスターは、共に穏やかな賢い人物である。私たちにも優しい配慮がある。村を歩けば、村中の家族関係も知っていて、杖を片手に出て来た盲人の老女の手を取って喋る。ここでは、日本と韓国との間の領土問題の摩擦など、気配もない。日系二世のブラジル人のシスターは看護師で、毎朝、現在まだ建築中の診療所にでかけて行く。境の塀の鍵を開け、野生のナスが花をつけている原っぱを横切る姿が、修道院からも見える。反対方向から、子供を抱いた主婦が、ぽつぽつと診察を受けに集まる。医師は常駐していないが、それでも医療の知識のあるシスターが一人いてくれるだけでほっとするだろう。

診療所の待合室には、稚拙ながらなぜか温かい感じのする木製のベンチがおいてあった。この辺の部族は子供でも誇り高くて、決して地面にじかに腰を下ろすことをしないという。このベンチは、自衛隊の人たちが、休みの日を利用して廃材で作ってくれたものだった。裏をひっくり返して見ると、小学生が提出した夏休みの工作のように製作者の署名が並んでいた。

第十四話　犠牲なき完全な現世はありえない

放置できない問題

「サンデー毎日」二〇一三年八月十八日・二十五日合併号になかにし礼さんの「花咲く大地に接吻《くちづけ》を」という連載エッセイが載っている。私は先の参議院選挙で俳優の山本太郎さんが、原発反対を唱え、六十六万票余りを得て当選したことは知っていたが、氏がツイッターで反原発を唱えたところ、それが理由で番組を降ろされたというサイド・ストーリーを知らされたのは、この記事によってである。

「テレビ界に生きるものなら誰だって番組スポンサーの悪口は言わないし、ＣＭについての賛否も口にしない。これはまあ半ば常識というより鉄則であろう」

となかにしさんは書いている。それを承知で山本太郎さんのやったことの意義が述べられている。

「反原発の発言をした。いいじゃないか。なにが問題なのか。彼の事務所には抗議の電話が鳴りっぱなしだという。これはおかしい。むしろよくぞ言ってくれたという激励の電話がひっきりなしにかかってくるべきではないのか。これもヤラセの一種であろう。ああイヤだイヤだ」

ほんとうにどういう人がこういう嫌がらせをするのか、私にも想像つかない。

私は他の当選者たちが万歳をしている中で、山本太郎さんはそんなことをしなかったことに好感を抱いた。いつも私は思うのだ。選挙に勝ったからといって、万歳をしている場合じゃなかろう。おめでたいのは当日だけだ。その日は奥さんが鯛を用意している人もいるかもしれないし、総選挙などの場合は花卉《かき》業者は厖大な数の胡蝶蘭《こちょうらん》の在庫を持っている、という記事も読んだ。当日は当選お祝いの胡蝶蘭がそれほど売れるだろうということだ。私は入閣したばかりの大臣のオフィスに行ったことが数回あるが、胡蝶蘭が廊下にまで並べられていて、あの花の鉢を始末した人は腰痛になったのではないか、と余計な心配をしたほどだった。それから、更に下らないことを言えば、当選祝いはなぜか白い胡蝶蘭が殆《ほとん》どで「どうしてピンクのをくれないのかしらね」と言っている政治家の奥さんに会ったこともある。

とにかくおめでたいのは一日だけだ。その次の日から苦難が待っている。大抵の人は有頂天の思いから突き落とされる。それでも日本のために我々に代わって政治をして下さろうという人のいることに、私は本気で感謝しているから、政治家に対する礼儀は守る。大臣には道を開け、部屋に入って来られる時に率先して起立するのは、その人を選んだ日本国民に対する礼儀だと思うからである。

なかにし氏は、「今もし、脱原発対原発推進の国民投票をやってみるがいい。絶対といっていいほど脱原発が勝つであろう。それが国民の理想であり本音なのだ」と書いているが、それは必ずしも正しくはないだろう。とにかく自民党が圧勝したのだから、それほど明確に圧倒的多数の日本人が即原発反対を唱えるとは思えない。

それに私は、何か一つの問題が発生するごとに、いちいち国民投票をするという流行のような発想にも反対である。そんな金や人手や時間をかけないために、各政党が公約を明示して選挙をやり、民意を問うているのだ。殊に原発問題は昨日や今日起きたことではない。選挙の結果にその答えが反映されていると考えるべきだと思う。

最近になってもまだ、東京電力福島第一原子力発電所が事故後に抱えている問題は少しも解決されていない。汚染水はどう処理するのだろうと思うほどの量で、方途が見えない。これを解決できる人がいるのだろうか、と私が心配しても仕方がないのだが、他人の疲労が私自身の肩にのしかかって来るような思いさえする時がある。

この問題の深刻さは、放置すればいいという問題ではないことだ。竹島・尖閣諸島の領有権は、主権のある国が過去の資料を明示して主権を主張し続けねばならないことだが、今日一日、今月一カ月解決が延びても、それで決定的に状況が悪くなるという問題でもないように見える。しかし使用済み燃料の中間貯蔵や、低レベル放射性廃棄物の埋設センターや、高レベル放射性廃棄物の最終処分場をどうするかということに関しては放っておくわけにはいかないのである。つまり今日ただ今原発は停止するということにしても、過去に生じた廃棄物だけは何とかしなければならない。

電力を支えた「ダム屋」たち

作家の姿勢としては珍しくないものだが、私もこの年になるまでずっと、世間の非難を浴びるような仕事に心を惹かれる習性があった。日本が高度成長期に入り、誰もが安楽でやや贅沢な暮しを望むようになると、たとえば海運業は日陰の仕事になった。もちろん海が好きという人はいつの時代にもいたが、一般的には船の上の勤務など誰もしたがらなくなり、ぴしっとアイロンを当てた真っ白いシャツを着て毎日マイホームから危険のない町中の職場に通えるほうがいいという人が増えた。私はそうなっても、細々とだが船の勉強をし続けた。

一九五〇年代に、日本の電気機械産業は急速な伸びを示した。その産業の命運を決するのは、上質な電気の安定した供給であった。同時に、物流の整備も大切になって来た。たくさんの物資を運ばなければならない状況が始まったのである。

その時代を象徴する思い出のような光景が一つ、どうしても私の記憶から消えない。

私が初めてインドに行ったのは一九五六年だったが、その時私はニューデリーの郊外に立って、どちらの方角に行く道かは忘れたのだが、幹線道路の光景を眺めていた。それは恐ろしく静かな風景であった。トラックはごく稀にしか通らない。埃っぽい未舗装の道に砂塵も上がらないという静けさである。

私はこの景色に長い間心理的に拘泥《こうでい》していた。日本に帰ってみると日本の道はインドとは全く違っていた。道路は、すでにトラックで溢れていた。実は、今のような産業道路の繁栄とは全く違った賑わいの見せ方であった。トラックは犇《ひしめ》いていたが、道はまだまだ整備された高速道路とはほど遠いものが多かった。広重の版画にあるような東海道の松並木の下の道をまだ自動車が走っていたり、細長い宿場風の町の真ん中の細い道を、その町の住人を蹴散らすような荒っぽさでトラックが往来しているような所もあった。しかしその煩雑ぶりはインドとは明らかに違うものであった。

日本中が活気に溢れていた。我がちに欲望に向かって突進し、周囲もその熱意を達成するのを目下の急務と考えていた。

しかしその頃すでに不思議な乖離は起きていたのかもしれない。電力の需要が高まるにつれて、日本では水力発電が要求された。一九五〇年頃から、日本では国土総合開発法が施行され、その後の約十年間にいわゆる河川総合開発事業ができたようである。

遅ればせながら私は一九六六年頃からダムの勉強を始める運命にめぐり合った。何でも積極的に問題に取りつくという性格ではなかったので、書きたいテーマが心にあると

「運が向いてくれれば」それに適した場が間もなく自然に見つかるだろう、という感じだった。私の場合は旧約聖書の『ヨブ記』を現代小説として描くことを考えていて、その物語の場としてダムや高速道路の建設の現場が用意されているように思えたのである。それが私の、土木の世界を学べるきっかけであり、口実であった。

私が胸を打たれたのは「ダムにはいつも、神がここに懸けよ、と命じたもうた地点がある」と「ダム屋」たちがいうことだった。つまりダムは水を塞《せ》き止める堤体の量をできるだけ少量にするために、左右の河岸が狭まっている地点を選ぶのが自然なのである。最近の水不足（渇水の危機は殆ど毎年のように言われることだが）の証拠に、いつもテレビの画面に登場する矢木沢ダムは、玄人の「ダム屋」たちが昔から、「あそこは降雨量が少ない地点だということは、初めからわかっていたんですがねえ」と言っていたダムだが、それでも上空から見た写真では、綺麗に両岸が狭まった地点に見える。もちろん神を持ち出して来た人々が、必ずしも信心深いわけではない。彼らがダムを懸けていった地点を俯瞰すると、そうとしか言えない地形が選ばれているのである。

ダム建設というものは、私のような外部の者からみると、長期間にわたる複雑で困難なドラマの割には、華やかな脚光を浴びることのない舞台だった。例外は一九六三年に完成した黒部ダムで、石原裕次郎主演の映画にもなった。私がこのダムを見たのは、工事が完成した後である。しかし少しダムができ上る工程がわかるようになると、そのコンクリートのアーチダムの壮麗さは、まさに芸術と言うべきものであった。こんな薄いコンクリートの壁が、背後に湛えられている二億立方メートルもの厖大な水量を支えられるわけはないようにも思う。

現実問題として、「ダム屋」たちの仕事は決して華やかな世間の脚光を浴びるものではなかった。当時の花形産業といえば、エレクトロニクスや自動車産業だったのである。

何しろダムの現場というものは、日本では例外なく山奥にある。後年知ったのだが、アフリカなどではダムは必ずしも大きな土地の高低の差を利用して作られてはいなかった。リビアで見たのだが、堤高がたった十数メートルというほど低く、堤長が数キロにも及ぶ砂漠の中のダムもあった。作るのは簡単なようだが、ほとんど涸川(ワジ)としかいいようのない枯れ川に年に数日しか降らない雨水を、そのようなダムの構造がどう利用するのか、私には今でもわからない。

日本のダムの現場では、通りがかりの人に会うより、猿を見かける方が多いといわれている土地も多かった。定礎式、堤体を作る間に本来の流れを迂回させるためのトンネルの開通式、ダムの完成式などの晴れの日には、現場に紅白のおめでたい幕が張られて、来客や自動車の数も増える。すると、それを見ようとして数十匹の猿が集まる、という話もあった。つまり山奥だから、猿も退屈しているのである。そんな所で時には何年も仕事をするのだ。喫茶店やディスコに行ったり、週末のデートなど考えられない若い技術者たちが、ひたすら日本の電力を支えるために、環境汚染の最も少ないと言われている水力発電用のダムの建設に働き続けたのである。

それでもダムは必ずしも、日本の産業の根幹を支えているというふうには受け取られなかったように見える。産業の根幹どころか、電気の存在は民主主義の存在自体を実は支えている。電気の配電システム自体がないか、安定した電力の供給のない土地と社会は、すべて族長支配の封建主義しか存在していないという現実を日本人はしらない。

それどころか、ダムはしばしば、そして長い年月、自然破壊だという悪評さえ受けてきた。ダムができるとなれば、必ず猛烈な反対運動が起きた。ことに湛水池から移住しなければならない人たちは、住み慣れた我が家を去らねばならないのだから、その哀惜の念は深かったろう。

一九九六年、まだ中国の三峡ダムが建設途中にあった頃、私は揚子江下りをしたことがある。同行者の中に、気っぷのいい、しかし生粋の中国共産党員がいた。私は彼に尋ねた。

「三峡ダムができると、何人くらいの人が湛水池から動かなければならないんですか？」

「百二十万人だよ」

「ええっ？」

というのが、私の無様《ぶざま》な返事だった。最終的に移住する人の数は三百七十万人にもなるそうだが、百二十万人でも私は驚いたのである。

「そんなたくさんの人をよく移住させられますね。日本だったら、十二人か、百二十人動かすのだって大騒ぎですよ」

「それは、日本が世界一の社会主義国だからだよ」

この皮肉たっぷりの会話は極めて軽快に交わされたのだが、これは心から笑っていいのか、深刻に受け止めるべきことなのか、私にはわからない。

プロメテウスの苦難

時代は少し後先になるが、とにかく世の中の空気はあまり理論的とは言えなかった。化石燃料は、世界的に埋蔵量に限度があるし、価格の変動もある。しかも基本的に地球の空気を汚すからいけない、と私たちは教わった。

水力はきれいなエネルギーなのだが、ダムの建設そのこと自体が地球環境を破壊する、と非難する人がいた。現場の人たちは「一升瓶一本の水でも、ダムの上流に流すように設計しています」という言い方をした。水は一リットルではなく、一升瓶一本という感覚で捉えられていた時代だ。

今日から調査坑を掘り始めるという日に、私は数人の作業員たちが急峻な崖にとりついて、一本の木にカバーのようなものをかけているのを見た。

「何をしていらっしゃるんですか?」

と尋ねると、坑口の一番近い所に、一本のモミジの古木があってそれを最初の発破が傷つけないように、古毛布などを巻いて保護しているのだという。

「モミジの木一本にですか？」

と私の方が自然愛好の思いは薄かった。

ダムは秋口から水を貯め始め、五月頃の雪解け水を集めて満水にするようにする。急激に堤体に水圧をかけずに、ゆるゆると春までにバックウォーターの量を増やすのである。人間の体をいとおしむのと同じ操作である。

あるダムでは、こうした満水になる遅い春に、湖の中に沈んで行く桜が咲いた。「咲きながら沈んだ」という人と「沈みながら咲いた」と表現した人とがいた。どちらの言葉にも深い哀切の思いがこもっていた。

現世で、これならば完全、ということはないのだ。私たちは、命のため、生活の便利のため、若い世代のため、学問のため、自由のため、様々なもののために、時には何かを切り捨て、何かを犠牲にする。その犠牲の部分がないものはない。

人間は火を使うようになった。私たちはそれによって暖をとり、料理をし、光源を得た。しかし歴史始まって以来火事でたくさんの人命や物を失った。自動車も飛行機も、それが発明されてから、実に多数の人がそのために死んだ。しかし自動車と飛行機そのものをやめようという動きはなかった。飛行機も自動車も、その存在によって多くの人命が失われもしたが、救われた部分も大きかったからである。

3・11以来、私たちは、ゼウスから火を盗んだプロメテウスの苦難を体験することになった。「たかが電気」ではないのである。今、電気が不足するか停まるかすれば、今私たちが享受しているあらゆる物質的・制度的恩恵と、精神の自由は大きく影響される。代替えエネルギーを使って、原発がすぐ止められるなら、私もそれに賛成だ。しかし反対を口にする人のほとんどは、現実的な代替えの方法を教えてくれない。なかにし礼さんのエッセイもその点に全くふれていない。

しかし私たちは既に作り出してしまった原発の廃棄物だけは、原発を続けるにしてもすぐに止めるにしても、とにかくなんとか保管し、できるだけ安全に処理しなければならない。これだけは自明の理だ。それで私は青森県下の原子燃料サイクル施設やリサイクル燃料貯蔵施設の建設現場を見学することになったのである。

第十五話　勇気をもって妥協の道を歩めるか

重層的な原因の所在

生まれつき強度の近視だった私が、初めてコンタクトレンズを使って、かつてないほどの視力を得た時のことだ。もう何十年も昔のことである。

「このハードコンタクトレンズというものは、一生使えますか？」

と私はドクターに尋ねた。すると患者の好みそうなことをほとんど言わない誠実な性格のドクターは、「わかりませんね。一応安全ということにはなっていますけど、誰もまだ何十年と、このハードコンタクトを使い続けた人はこの世にいないんですから。正確なことは言えないんです」と答えた。

私はその時以来、世の中には、現実には誰も答えられないことがあることを知った。

しかし多くの場合、我々素人は性こりもなくいわゆる専門家或いは当事者と言われる人たちに返答を迫り、その都度答えらしきものを与えられてきた。原発事故の推移もその一つだが、一九四五年八月、広島と長崎に落とされた原爆の後も同じだった。

一九四五年の夏、原爆が投下された直後、広島は今後四十年間、草一本生えない死の町になるだろうと大人たちは言っていた。私はまだ新聞を読む習慣もない中学生で、その噂がどこから出て、どれほど根拠のあるものかは考えなかった。

この四十年という数字は私の記憶で、五十年と覚えている人もいれば、六十年と言う人にも会ったことがある。いずれにせよ、確実な資料をまだ私は見たことがない。しかし広島の現状を見れば、終戦時に充分に大人だった人たちの間で流布《るふ》していたその予想は、全くの間違いだったということだ。だからと言って原爆が大したことではない、というわけではない。

原爆の記録としては最もすぐれたものだと私が思っている『いしぶみ（広島二中一年生全滅の記録）』によると、その運命の日、広島・中島新町の本川《ほんかわ》土手というところで、防火用に強制疎開と称して壊された家屋の後片づけをしていた旧制広島二中の四人の先生と、一年生三百二十一人は、その場で即死するか、ほんの数日のうちに全員が死亡したのであった。一番長く生き延びた人でも、五日後の八月十一日の朝までしか命は保たなかった。

世の中のどんな大事故でも、その中には必ず奇跡的に数人が生き残って後世に対する証人の役目を果たす人がいるものだが、二中一年生は全員が死亡したのである。原爆とは、それほどの暴力を持つものであった。

しかし現在の広島の状況を見れば、当時の日本、或いは世界の科学者たちの推測というものがいかに当たらなかったかということもまた、一面の真実なのである。沖縄県が女性では最長寿県と言われ、最近になって長野県がそのトップの座を奪い返す一方、政令指定都市の中では広島市の女性が日本の最長寿であった。それは、放射能の影響が殆どなかったからと言うより、国が法律で被爆者の健診、医療などを無料にしていたからである。つまり広島市民の女性たちは、私たちより、ずっと健康に心を使っていて、現実的に長寿を全うしたということの証左であった。

あらゆる事故は、完全に一人の人為的なミスから発生することはあまりないものである。一人の老女が仏壇に供えた蠟燭《ろうそく》の火を倒して火事を出したというような事件は、まちがいなく一人の人の過失のように見えるが、同じ年齢の同じような境遇の老女でも、同じ過失をしなくて済む人はたくさんいるのだ。そこに、周辺の複数の人の責任もあれば、運不運も関わってくる。小説家にとって興味があるのは、まさにその重層的な原因の所在にあるのである。

東京電力福島第一原子力発電所の事故の処理については、書くこと自体が空しく思える日もある。というのは状況が日々刻々変わっているから、常に次の問題が発生しているだろうとさえ思われる。

多くの人が、理想か、希望か、義務か、道徳か、人道か、知識か、その他様々な理念や計算をもってしても、完全に「原発即時廃止」「原発継続」のどちらの立場を取っていいのかわからない中途半端な状態でいるのではないかと思う。

私は事故の最初から、この原発問題には一言も口を挟めないことがわかっていた。だから私はある意味で平穏であったとも言える。私は、初めからこの問題は日本人の識者と言われる人たちの選択に任せ、私はその意見に従うつもりだった。だから私は心中穏やかでいられたのである。

しかし事故が起きてからずっと、私はその危険な空間で、先の見えない事態の修復のために働いている人のことを考えていた。私は小説家として、よく取材のための俄《にわ》か勉強をしたが、いつも深い尊敬を持って意識するのは「現場」という空間だったのである。

私は土木の基礎的な知識を勉強させてもらうために、かなり長い時間をトンネルの切羽《きりは》やダムの天端《てんば》の上の「現場」にいた時期があった。それが当時の私の教室だったのだ。その時感じたのは、現場には常に一種の、必然的な静寂があるということだった。たいていの現場はおびただしい騒音で、人間の普通の会話も成り立たない。だからそこで働く人たちは、室内を仕事場とする我々と違って饒舌《じょうぜつ》ではなかった。彼らはただ黙々と働いていた。

彼らは普通顔を持たない。というよりか、埃で汚れた顔を拭《ぬぐ》って見せようとはしない。現場で働く労務者たちは、大体においてシャイな人たちで、初めはそこにいる私に声を出して挨拶もしないし、いちいち名前も名乗らなかった。しかしそのうちに私は彼らと喋り、彼らがたとえば岩手県のどこの地方の同じ村から来たグループだとか、一人あたり日に何本くらいコカコーラを飲むとか、現場にギターを持ってきたのはトビ職の若者だとか、個人的な顔が見えるようになった。彼らはあけすけで、農繁期にだけ出稼ぎに来ていて、農閑期には現場を辞めて故郷に帰り、失業保険でゆっくり半年暮らす、という優雅な生活をしていることもうちあけてくれた。

しかし今回の事故後、そうした人々の存在はほとんど報じられていない。どの程度の危険の中で、何人が何をして働いているのか、そうした人々はどこからどうして集めるのか、彼らにはどの程度の手当が支給されるのか、誰もわからない。それが非常に特殊な状況である。

東電側もゼネコンや下請け側もまたそれを明確にしない。明確にしない理由も明確にしない。常時三千人もの人たちが働いているらしいが、東電の社員は約一割だという。世間は様々なことを言う。手当が信じられないほどいいから――ということは、一日に数万円にもなる荒稼ぎができるから――危険を承知で来ているのだろう、とか、現実にはわからないけれど、どこか途上国の労務者を秘密で連れて来ているんじゃないの？などと言う人までいる始末である。報道が何もなされないから、こういう噂が出て来る。

誰にせよ、私はそこで働いている人に感謝を捧げている。そのことだけはまず言っておきたい。

「現場」への深い尊敬

二〇一三年八月から九月にかけての日本の新聞や週刊誌の暗い話題は、もっぱら一時的な避難の目的で地上におかれた汚染水のタンクの複数箇所から漏れが見つかっているということだった。たとえば、八月二十一日付の産経新聞はこう書いている。

「汚染水からはベータ線を出す放射性物質が1リットル当たり8千万ベクレルと極めて高濃度で検出された。漏れた放射性物質量は24兆ベクレルと推定される」

この日の同紙の見出しの一つは「東電　八方塞がり」である。持続して建屋から汲み上げなければならない汚染水は、ゼオライトと呼ばれる吸着剤を入れたセシウム吸着装置を通して放射線量を減らしてからタンクに保管するのだが、汚染水の量は日々増えるばかりだ。

今我々の見る現場写真でもっとも人の眼を惹くものは、その巨大な保存容器である。タンクはさまざまな容量のものがあるが、一番大きなものは一千二百トンもの汚染水が入る。直径十二米《メートル》高さ十一米である。タンクは、二〇一三年九月現在で一千基以上が原発の敷地内におかれている。

お先真っ暗でも、八方塞がりでもどちらでもいい。しかしこれ以外の方法は、今のところないのである。住民は、あらゆる疑念のある水は海に流してはいけない、と言う。たとえそれが原子炉建屋には全く入らない、天然の地下水であってもだ。

そして私は、根本的な解決策ではないので、ほとんどニュースが詳しく報じないこの茶筒群の話を少し聞いたのである。私は現在今日の小事にいつも興味がある。

「このタンクは、一体何個くらい置くご予定ですか」

と私は関係者に尋ねた。

「二〇一五年上期末までに七十万立方米、二〇一六年内に八十万立方米を考えています」

「とすると、約七百個ですか。それだけの数のタンクを置く土地はおありなんですか」

「まだ敷地内に社有地として十万平米は余裕があります」

「このタンクは一個数千万円？」

建設は一社がやっているわけではないから、建設費の詳細は各社違うらしいが、私の大雑把《おおざっぱ》な推定の仕方はそうそうは狂っていないという感じだった。

タンクは現場で組み立てる。

「タンクを置くコンクリートの基礎はどれだけの日数がかかります？」

「約一カ月です」

一千二百トンもの水を入れるお化け茶筒である。簡単に地面に転がしておいていいものではないだろう。まず茶筒を置く地面の基礎を作らねばならない。

基礎のコンクリートは表面が乾けばすぐ使えるというものではない。「養生」と言って一週間くらいは固めるためにおいておくのが普通だ。それから台の上で、巨大茶筒タンクを組み立てる作業が始まる。

組み立てた後は発泡ゴムのパッキングを入れてボルトで締める。現在水漏れで問題になっているのは、フランジタイプと呼ばれるこの型が主らしい。素人が考えても、継目のある容器に水をいれて、それが全く漏らないようにするということは至難の業だ。事故発生後、急場の間に合わせに、タンクの一部は、既にどこかで使っていたものを解体して持って来た。それも漏れの原因として懸念されている。非常時には、常にその手の落し穴が待っているものだ。

溶接型も、材料はピースとして運び込み、現場で仮組み立てをしてから、あらゆる継目を、底の部分にいたるまで、その場で溶接する。タンクの材質は、我が家の茶筒と違って厚さが一センチもあるというのだから、それを溶接するのは大変だ。一個のタンクに要する溶接の長さは、実に約三百メートルにも及ぶ。現在は機械溶接だが、それでも溶接というものは、素早くできるものではない。じりじりと蟻が這うような速度でしか機械が動かないものだ。つまり組み立てにも、一個につき一カ月は優にかかるというのである。

もちろん、部分的解決策なるものは、決してないわけではないという。放射性物質をある程度取り除いてから、かぎりなく無害に近くなった汚染水を海に棄てて量を減らすことである。

それとは別に全く建屋の下を通らなくて済む上流からの地下水だけは、まずバイパスを作って海に流したい。それだけで一日に確実に百トンから二百トンは海に棄てられるからである。しかしそれも住民は許さない。原発の敷地をいささかでもかすめた水であれば、風評被害を進めることになる、と言い張っている。

最善でなく次善の策を

一方、高レベルの放射性廃棄物の処分は、地底深くに閉じ込めることになるであろう。しかしいずれも、どこかの土地を使わねばならないのは当然なのだが、住民が自分の土地では絶対にやるな、と言っている以上、この問題は永遠に片づかないままに、厖大な費用を食うことになる。少しでも危険なことは許せない、という人々の意見に、妥協や代案がない時に、状況が凍りつくのは自然である。

原発に関する典型的な民意は次のようなものだという。

(一)高レベル放射性廃棄物の置き場が必要だということはわかっているが、自分の身近にその施設を置くのは絶対反対。

(二)選挙制度がある限り、首長は自分の票に繋がることなので、原発がらみの計画の解決や進展に手を付けない。

(三)マスコミが住民の心理を煽る。

（四）現実を知る機会が意外と少ない。日本のエネルギーの自給率は四パーセントと言われる。安全で安いエネルギーを、今の程度に使い続けられる目安をたてることは至難の業である。

（五）現在すぐ原発廃止の方向に向かうとしても、既に発生してしまっている廃棄物の処分を止めるわけにはいかない。

できることかどうかは別としても、二つの道はありそうだ。

一つは政治家がもっと強力な指導力を持つことである。そしてもう一つは、国民がもっと科学的に冷静になり、常に最善の策というのではなく、次善の策でも取ることができるような理解力を持つことだろう。

実は人生で最善の道を選ぶなどということは、通常でもなかなかできるものではない。私たちは、そこで勇気をもって妥協の道をいつも歩んで来た。

ある女性週刊誌は、原発近海の魚は安全値以下だと言われていても、放射性物質は限りなくゼロに近いものであるべきだから、食べるのをやめた方がいいという人の意見を載せていた。それでは肉を食べろということなのか。最近の極く普通に眼につく栄養学の本では、長生きをするには肉も必要だが、魚もいいと書いてある。しかし現実には或る長寿者は、そんなことを一向に気にしていない。自分の好きなものばかり偏って食べていても長寿を全うする。人間の生涯は、自力で操作可能な部分と、そうではない要素とがあるようだ。

魚を食べるのは止めてもいい。しかしその分、何を食べるべきかも書くべきだ。禁止と反対は誰にでもできる。しかしその時には、自分ならこうする、という代案を必ず載せる義務もあるだろう。マスコミもその代案を盛大に取り上げて紹介するのが任務というものだ。

廃炉に対する費用として、すでに二年半で九千億円が使われた。賠償の費用は二〇一三年の第一四半期に約四兆円が計上された。東電が支払った実績は八月末で約二兆八千億円だそうだ。避難している人には月十万円ずつが支払われている。精神的被害、風評被害といったものを、どう計算するのか。

オリンピックを「利用」して、新しい苦難の時代に置かれても結果的には強く賢くなった、という日本を見られるかも知れないという未来を、私はまだ本気で夢みている。

第十六話　与える側の光栄を知って感謝する

第十六話　与える側の光栄を知って感謝する

謝罪を強制する愚

韓国の反日運動がひどくなっているということに、私は政治的感覚がないからかもしれないが、あまり危機感を覚えていない。

そもそもほぼ七十年近くも前になることを持ち出して来て、その非をなじるとか、金銭的補償を要求するとかいうことは、もしこれが個人の行為だったらまともな人間のすることではないからだ。

最近評判になったテレビの『半沢直樹』は、銀行で不正に与する重役に「土下座して謝れ」という。私はかねがね土下座という行為に興味を持っていた。もう歴史小説の世界の話だと思っていたのに、ずっと以前、或る立候補者の妻が「お父さん（夫）になにとぞ一票を入れてください」という意味で、道を行く有権者に対して路上で土下座していた光景を週刊誌で見たことがある。それは私が見たもっとも卑屈な光景で、それをする人もする人だと思ったのだが、それがテレビドラマで出てきたので、おもしろかったのである。

私は八十年間に様々な人に会った。長く生きた利点はまさにそのことにあった。多くの尊敬すべき人に会ったことは、私の貯金通帳の数字が増えるのと同じくらい、いやそんなこととは比べものにならないくらい、豊かさの実感を与えてくれるものであった。

私は今までの人生で会った人の六十パーセントくらいを心から好きになったと言える。私が人を好きになる理由の中には、相手に尊敬を覚えることが最大の要素になっている。頭がいいからということが理由になる時もあるが、ものごとを正視できるという冷静さを尊敬した場合も多い。しかしいささかの変わった癖の持ち主で、「おかしな人！」と笑うような個性のある人も、私は好きになった。

三十五パーセントは、私には縁のない性格に思われた。決して悪い人ではなかったが、その人たちは権威主義者か、思想か行動においてささやかな勇気の片鱗も持ち合わさない人たちだった。この二つの性格に、私は全く魅力を感じなかったのである。

そして残りの五パーセントくらいを、私は心ヒソカに嫌悪し侮蔑して、すぐに遠ざかった。他人に謝れ、という人は、この五パーセントに当たる。なぜなら謝れと命じられて謝るような相手は、決して心から反省してはいないことはあきらかなのである。『半沢直樹』の場合はただ、相手に屈辱を与えるのが目的だった。しかし現実の世の中では、それはかなり策の愚なるものであるだろう。

謝ることを強制されれば、反射的に反抗心を抱くか、謝れと命じた人に侮蔑を感じるのが普通だ。そんな簡単な人間の心理もわからない人と、私は限りある人生の時間で付き合う気にはなれなかったのである。

七十年も前のことを謝れというのもおかしなことだが、七十年も経ってから金銭的補償をせよというなら、もっとおかしい。これはもう金目当ての行為だという他はない。個人の場合なら、相手はそれほど金銭的に切羽詰《せっぱ》まっているのだろう、と思って、補償ではないが、同情でお金を恵んでもいい。もし金銭的補償を要求すべきことなら、事件後すぐに請求すべきだろう。

韓国人の団体が、アメリカに従軍慰安婦の碑を建てているという。私はこんな事件に少しも心を痛めない。私の知人に、少なくとも千基くらいは、あちこちに建てさせたらいいんですよ、というような暴論を口にする人がいるが、それで韓国の国家的姿勢が、むしろ世界に喧伝されるからだという。

ドイツが六百万人のユダヤ人に取った虐殺とは違うのだ。何よりも、現在の日本人の生き方がそれを示している。

ここ数十年、終戦後の混乱がおちついてからの日本は、売春を奨励してもいず、戦争を推し進めている何の実績もない。むしろ日本は、東京オリンピックの開催地に選ばれたほど、国内事情がおちついていると見なされたのだ。

一九四五年以降の日本は、幸運に支えられたことも忘れてはいけないが、一切の軍事行動をとっていない。日本の町の光景の一つの特徴は、軍服姿の人が見えないことだ。私が時々週末に行って暮らしている三浦半島は、戦前から横須賀基地を擁していたので、今でも時々「水兵さん」が、あの独特のセーラー服姿で週末の外出を楽しんでいるほとんど唯一の土地で、東京では見られない光景だ。それくらい、日本は軍国的空気とは遠いのである。

韓国はどうしてこんなに愚かな政治的姿勢を示す国家になったのか。過去を言いつのる時、人間なら必ずその人自身の中に、問題を抱えている。病気だとか、事業が破綻しかかっているとか、親族ともめているとか、いずれにせよ前向きになれない事情があるものだ。

「聖ラザロ村」のこと

私個人は、韓国と長い年月、素晴らしい関係を保って来た。

今から四十年以上も前の話だ。

或る日、私は一通の電話を受けた。見知らぬ人で、少し訛りのある日本語で、自分は韓国人だと名乗り、「あなたの作品を韓国語に訳したいのだが、韓国と日本との間には、現在まだ出版に関する国際条約がないので、したがってあなたには著作権料を払いません」という内容のものだった。

実は私はその電話を受けた瞬間から、相手に好意を抱いたのである。出版に関する国際条約は、多分ベルヌ条約とかいうものであろう。当時の韓国は、まだそれに加盟していなかった時代なのである。

しかしそれにしても、正直ないい人だ、と私は思った。黙っていれば私は韓国語が読めないのだから、そうした事実も知らないまま済んでしまうと思う。それを正直に通告して来たのだから、いい人に違いない。

しかしそこで私の根性の悪さがムクムクと頭をもたげた。相手が悪いとは言わないが、こういう問題に「甘い顔を見せてはいけない」と思ったのだ。

それで私は、「了承しました。別に何パーセント分とは言いませんが、あなたがそれによって少しでも儲けるのなら、その一部をどこかに寄付してくださいませんか?」と言ったのである。これは明らかに、少し嫌がらせの要素を含んでいたように思う。

すると相手は「どこに寄付したらいいでしょう」と聞く。私は「お国のことはよく知りません」と言おうとしたが、なぜかその時、寄付したらどうかと思う先を知っていたのである。

それはソウルの南、車で小一時間ほどの土地にある、「聖ラザロ村」という元癩《らい》患者たちの村であった。当時から癩は既によく治る皮膚病とされていたが、特効薬のない時代に罹患した古い患者たちは、視力障害、外見上の皮膚の異常、運動・神経機能障害など、様々な二次的な症状を残していたのである。その元患者たちの村の設備は、まだ充分でないことを、私は何かの記事で読んでいたのである。

私は「聖ラザロ村」へでもいくらか寄付をしてください、と言って電話を切った。そしてこの事件をすっかり忘れてしまった。理由ははっきりしている。私は自分がお金をもらえることなら、よく覚えていたのだろうが、一文にもならない話ならどうでもよかったのである。

そんなような理由で、私がその電話のことなど念頭にもなくなった頃、一人の韓国人神父という人が電話をかけて来た。「聖ラザロ村」の世話をしている李庚宰神父で、私からの贈り物に対して「ありがとう」ということだった。しかし私は今に至るまで、出版社が私の名前で持って行ってくれたのが、お菓子一箱だったのか、それとも金一封だったのか知らない。

神父はアメリカ国籍で、自由に外国へ出て、まだ貧しかった「聖ラザロ村」の建設のためにお金を集めていたが、ある日、私の家を訪ねて来て、自分と「聖ラザロ村」との関係を話してくれた。

　神父はまだ若い教区の神父だった時代、現在の「聖ラザロ村」のある谷間に集まって暮らしていた元患者たちにしばしば呼ばれることがあった。病人や臨終の床にある人たちに宗教的秘蹟を与えるためだった。彼らは谷間の小川のほとりに建てられた惨めな小屋に住み、下水の流れ込むような水脈を飲み水として使っていた。その不潔さに、神父は時々、聖職者としてあるまじき感情と知りつつ、もうこんな所へくるのは嫌だ、と思った瞬間もある、と私に打ち明けた。私はそういう自然な人間の心を隠さない李神父に尊敬を抱いた。

　アメリカへの留学が決まった時、神父はこれであの村とも縁が切れると思った、という。しかし帰国すると、神父はまるで誰かに呼ばれるかのようにこの村に帰ってきた。それから神父の「聖ラザロ村」建設が始まるのである。

神さまはすべてお見通し

　戦争中の日本は、朝鮮半島に対しても残虐なことだけをしたように伝えられているが、いいこともしたのである。もちろん身分の格差はあったろうが、日本人と同じ小学校の教育を与え、癩病の患者たちも日本の本土の患者と同じ保護のもとに置いた。もちろん施設には格差があったろうし、それを「保護」というか、「収容」というか、私は決められない。しかしとにかく終戦までのこの隔離政策のおかげで、当時はまだ特効薬のなかった癩患者の数は、半島でもすばらしく減った。しかし独立と共に、韓国はこうした癩の施設を軍施設などとして開放したので、生活の場を失った患者たちは町へ戻り、一時的に感染者の数は増えた。

私が癩に関わるようになったのは、ＤＤＳと呼ばれる特効薬ができて、病気自体が簡単に治る皮膚病になってから後である。

李神父は時々私の家を訪ねて来て、「聖ラザロ村」は今はもう世界中からの経済的援助のおかげでかつての惨めで不潔な村落の面影はなくなったことを話してくれた。その蔭には、ドイツのケルン教区や長崎の純心のシスターたちの努力があったという。

私が最初に「聖ラザロ村」のために手伝ったことは、無医村だった村に癩専門の医師を送ることだった。幸運にも私はインドのアグラの癩病院で取材をしていた時、中井榮一医師と知り合っていた。みごとな癖のある教養人で、ピアノも弾けば漢詩も作り、和歌や俳句の才能もただごとではなかった。その中井先生が二週間に一度、「聖ラザロ村」を訪ねて患者を診ることを引き受けてくれた。

当時既に、日本の皮膚科医には、癩を見たことのある人は稀になっていた。私がインドにいた頃、インドにはまだ人口五百人に一人の癩患者がいると言われていた時代だったから、私は中井先生が戸外においた診察用の机を守るために、日に千人近くも押し寄せてくる患者を列に並ばせる番人の仕事を手伝った。その結果、素人の私も滞在期間中に、三千人に近い患者は見たことになる。

そうした関係ができた後の或る日、李庚宰神父が私の所に来て、今、元患者たちは、オンドルつきの部屋は与えられているけれど、まだ皆がいっしょに食べられる食堂がない。食堂は多目的広間だから、あればそこでコーラスもでき、講演も聞ける。映画会も開催可能だ。ついてはその建築費として日本で六百万円の寄付を集めてもらえないか、と言って来たのである。

六百万円か、と私は心の中でせわしく計算した。その金額は、決して端金ではなかったが、そんなに途方もない金額とも思えなかった。私は心の中で私の同人雑誌仲間で、当時、有名な流行作家になっている人の顔を思い浮かべた。彼が銀座で払う一月分のバーの払いは、百万円という伝説ができていた。

彼に三百万円出させよう。なあに、たった三月分の酒手だ。残りの三百万円を、私たちはぽつぽつ集めればいい。

そんなことを数秒間で考えていると神父は言った。

「曽野さん、私はこういうお金を一人の人から出して欲しくないんです」

まさに読心術であった。

「どうしてですか」

と私はさあらぬ顔で尋ねた。

「こういう、人を助けるというような貴重な機会は、一人の人が独占しないで、たくさんの人にわけてあげてほしいんです」

私はこれだけの真実を見抜いた人の言葉を、それまで日本人から聞いたことがなかった。日本人はお金を出す人が常に優位におり、たとえ他者のためであろうと、お金を受けた人が礼を言う。しかしほんとうは、こうした金を出させてもらった人が、神に対してお礼を言うのが正しい姿勢なのである。そしてもちろん「人の世」では、出してくれた人に対して、たとえそれが自分のためではなくても、受け取った人が礼を言うのである。

こう書いてもまだ、多くの日本人は、どうして金を出す方がお礼を言うのかわからなくて首を傾げるだろう。与える側の光栄を知らせてくれた存在や運命に対して、私たちは感謝をするのだ。

私はその日から李神父の弟子になった。十二使徒がガリラヤ湖の畔《ほとり》でイエスの弟子になったのと同じである。そして私と神父との深い心の繋がりは、「聖ラザロ村」の韓国側の支援者の友情にも支えられて、終生変わることはなかった。

「聖ラザロ村」をきっかけに私が始めたNGOは、それ以来ずっと村を支えた。韓国が経済的先進国になって援助を必要としなくなるまで、つまり一九九九年まで、私たちはこの「聖ラザロ村」に七千二百万円を贈った。

日本で寄付をしてくれた人たちは、韓国に関して二種類の思いを手紙で寄せて来た。

一つのグループは、戦争中、韓国にご迷惑をかけて来たから少しでもそのお詫びに、病気の人たちを幸せにして下さいという人たちであった。この人たちの多くは高齢者で、もうほとんど亡くなったと思う。もう一つのグループは全く若い世代で、日本や韓国で、韓国人の若い青年に出逢って恋をした。その恋は実らなかったけれど、愛した人の国がよくなりますように、という爽やかな理由からだった。

私自身は数年間に亘って、イスラエルなどの聖地を障害者と行く旅に「聖ラザロ村」の住人を招待した。日本領時代の教育を受けて、日本語を話してくれたスサンナさんという優しい人もいたし、当時癩は不治の病とされていたから、家族から戸籍も消され、もちろん学校にも行かなかったので日本語を話さない盲人のアグネスさんは、旅行を始めて三日目には、もう皆と打ち解けて笑顔いっぱいになった。

ヴァチカンの教皇謁見の時には、韓国からの参加者がたった二人では少し寂しかったので、私は韓国人になりすまして用意して行った韓国の旗を振った。神さまはすべてお見通しだから、これくらいのごまかしはいいのである。

本書は『新潮45』連載、「人間関係愚痴話」(二〇一二年八月号〜二〇一三年十一月号)を改題の上、まとめたものです。

曽野綾子　1931（昭和６）年東京生まれ。作家。聖心女子大学英文科卒。79年ローマ法王よりヴァチカン有功十字勲章を受章。『天上の青』『貧困の光景』『人間の基本』『堕落と文学』など著書多数。

Ⓢ新潮新書

564

風通《かぜとお》しのいい生《い》き方《かた》

著　者　曽野綾子《そのあやこ》

2014年４月20日　発行

発行者　佐　藤　隆　信

発行所　株式会社新潮社

〒162-8711　東京都新宿区矢来町71番地
編集部（03）3266-5430　読者係（03）3266-5111
http://www.shinchosha.co.jp

印刷所　二光印刷株式会社

製本所　株式会社大進堂

ISBN978-4-10-610564-7 C0210

価格はカバーに表示してあります。

Ⓢ新潮新書